月亮留在了北岸

王洪岩 著

民主与建设出版社
·北京·

© 民主与建设出版社，2021

图书在版编目（CIP）数据

月亮留在了北岸 / 王洪岩著 . —北京：民主与建设出版社，2021.5
ISBN 978-7-5139-3498-5

Ⅰ . ①月… Ⅱ . ①王… Ⅲ . ①诗集—中国—当代 Ⅳ . ① I227

中国版本图书馆 CIP 数据核字（2021）第 077608 号

月亮留在了北岸
YUELIANG LIUZAILE BEI'AN

著　　者	王洪岩
责任编辑	周佩芳
封面设计	凌　晨
出版发行	民主与建设出版社有限责任公司
电　　话	（010）59417747　59419778
社　　址	北京市海淀区西三环中路 10 号望海楼 E 座 7 层
邮　　编	100142
印　　刷	河北信德印刷有限公司
版　　次	2021 年 7 月第 1 版
印　　次	2021 年 7 月第 1 次印刷
开　　本	710 毫米 × 1000 毫米　1/16
印　　张	15
字　　数	100 千字
书　　号	ISBN 978-7-5139-3498-5
定　　价	59.80 元

注：如有印、装质量问题，请与出版社联系。

Preface 自 序

如果喜欢，就读读吧

一

如果喜欢，就读读吧
如果足够喜欢，就写写吧
热爱且行动，就是做好一件事的序曲

二

读万卷书，行万里路
再写一路好诗
这是我的追求和梦想
也是我心中真正诗人的样子

三

有人质疑，有人批评
有人嫌意境不够，有人说想象不美
我的选择是——
真诚而朴实地写下去

四

一首诗是我布下的一个阵
一本诗集是我摆下的一盘棋
虽简陋，虽破绽百出
可还是期待你拍马赶到

五

曾被人说过有情怀
也被人说过土气
在我看来，这都是莫大的褒奖
说明没远离生活，没远离脚下这片土地

六

一边走着，一边等待
等日出，等日落
等每个平常的日子，平淡地度过
等了很久
也没等到那个没钱坐公交的小女孩
却把一点心意等成一个心结

在路上，让我驻足的
有时是蓝天白云，有时是风暴沙尘
这一次，是一场悲悯的相遇

七

要走多少路,才能抵达雪山

要翻多少山头,才能看见雄鹰

要经过多少风沙,才能穿越大漠

要忍受多少孤独,才能眺望戈壁星空

不要再问了

要学江边洗衣的藏女那样低头不语

半晌之后,她的木盆里有鱼游来游去

也有星星在随波闪烁

八

头发越来越少,皱纹越来越深

生活越来越简单,内心越来越沉重

每一次重逢,仿佛都会老去很多

每一次分离,仿佛都会是永别

本想去书写幸福与团聚

落笔却写成了落寞与苍凉

本想轻快地走在熟悉的乡间小路

却发现了影子里的迟缓与沧桑

九

很多话憋在心里

很多时候选择沉默

知道总有爆发的时候

就像知道痛风会复发一样

因此，总是在忏悔

还要沉默，还会爆发

路还要继续走，病还得慢慢治

就像不会与疾病妥协一样

也不会与秋风妥协

十

一个人的时候，喜欢听风

把它当成音乐，倾诉，甚至怒吼

从早听到晚，从风起听到风停

当外面的世界安静下来时

心里蓄谋已久的风开始躁动

最后，一点点落在纸上

落在字里行间

十一

谢谢你们读到这里

谢谢你们承认我是个诗人

还是那轮月亮，一起感受那份宁静吧

2021 年 1 月 10 日

Contents
目录

第一辑 日子歌

倔强的字	2
黑夜歌	3
人生·人间	4
落花吟	5
致自己	6
在路上	7
思念	8
旧书谣	9
失眠谣	10
悟	11
四月歌	12
五月歌	15
邀	16
七夕	17
柿子红了	18
自白	19
如梦令	20
中年祭	21
黑歌	22

离人歌	24
寄语	25
悲凉辞	26
纪念日	27
移民谣	28
老船工	29
喝火令	30
飞翔之歌	31
过往	32
惊雷颂	33
秋雨颂	34
秋歌	35
秋	36
秋海棠	38
坏了	39
沙画	40
人到中年	41
债	42
老乡	43
修行	44
观山	45
女货车司机	46
被时间追赶	47
七月在楼顶花园大醉	48
迷失	50

日子歌	51
给女儿讲故事	52
与天空对弈	53
致七月	54
学会	55
父亲	56
一个警察的父亲节愿望	58
孟婆汤	60
跑步赋	62
想	65
雨中致辞	66
救世主	67
童年谣	68
铁路歌	70
大风歌	71
贺辞	72
画赋	73
黄昏歌	74
冬至	75
妈	76
农事	77
种树谣	80
钓鱼歌	81
读书歌	82
回乡记	84

星空	85
归来煮酒	86
看戏	87
过年谣	88
石佛记	91
苦情诗	92
爱情故事	93
冬晨小感	94
熟悉	95
立冬	96
发如雪	97
离别感怀	98
多年以后	99
雨夜小酌	100
观荷	101
归来	102
老屋	103
弹吉他者	104

第二辑　大地歌

故乡逆流而上	106
夜行歌	108
落日赋	109

泥水谣	110
谷子谣	111
杏花谣	112
捐书小记	113
扁担	116
故土	119
回南阳	120
夜醉开封	122
郑州记（一）	124
郑州记（二）	126
郑州记（三）	127
我的城市	130
笛音	131
樱桃花开	132
桃子	133
秋野	134
炊烟颂	135
青霞山庄记	136
玉歌	138
导航	139
西北行	140
严陵河	141
坐禅谷	142
丹江歌	143
在宝天曼	144
在木扎岭	145

在天河大峡谷	146
孤独的河	147
大鸿寨	148
山中辞	149
山中午后	150
山中夜饮歌	151
山里艄公	152
山之子	153
山雨歌（一）	154
山雨歌（二）	156
旅途	157
赞美	158
312国道	159
爬山歌	160
乡村歌	161
麦地星光	162
老桃树	163
老人	164
爷爷	165
广玉兰	166
在鸭河水库	167
大黄河	168
黄河夕照	169
夏日二首	170
白荷赋	171
晚秋辞	172

草堂悲歌	173
都江堰	174
青蛇传	175
冬天日记	176
真相祭	178

第三辑 逆行歌

硬核颂	180
白衣歌	181
又一场雪	182
感动	183
社区女警的坚守	184
祥云朵朵	185
白色的背影，白色的发	186
在这个特别的节日里	187
防疫记	190
封在城里	193
即将，与春天撞个满怀	194
春之歌	195
庚子春的荠荠菜	196
盯着整个春天	197
这个春天	198

春雨颂	199
这春天，如你所愿	200
春水祭	201
疑似	202
守护者	203
驰援武汉记	204
凯旋歌	205
铁骑歌	206
返校记	207
扶贫组诗：稻花香里说丰年	208
战歌	211
抗洪记	212
后浪，警营里的激流	214
旗帜颂	216
警旗猎猎	218
你把光明留给春天	220
英雄赞歌	223
雪，在等什么	224
征途	225

【跋】谢辞   226

第一辑

日子歌

倔强的字

喜欢纸，喜欢白纸黑字
喜欢在一张张白纸上设下埋伏
并在纸的末端找到惊喜

心疼纸，像一匹战马
一边载我驰骋纵横
一边忍受我的纠结与挣扎

喜欢用废纸
在背面留下那些黯淡的字后
我的羞愧和不安会少点

喜欢捡回那些揉皱的纸
总有一些倔强的字，不甘心命运
夜深人静时，它们会叫醒我

黑夜歌

没有星星,没有月亮
没有路灯,没有窗子里透出的光
站在最熟悉的地方
陷入最深的恐慌

漆黑中,摸到一扇门
可能是花店,也可能是那间药房
皱巴巴的纸上
可能是祝福的花语,也可能是剂药方

有一点可以肯定
黎明之前,我会一直煎熬,寻找
寻找那些让我醉倒在地的蓝色月光

人生·人间

一

从坚决不喝到只喝一杯
从只喝一杯到再来一杯
到最后,一杯接一杯
这个顺从过程只需要一顿饭工夫
却像极了人生

二

看吧,周围更高的楼是群山
那些入眼的树梢,是山脚的花草
头顶掠过的飞机是一只雄鹰
远处升起的孔明灯,是闪烁的星

那些幽静昏暗的房子是庙宇
那些灯火嘈杂的街巷是人间

落花吟

坐在院里的摇椅上轻轻摇着
玉兰树也在四月的风里轻轻摇着
还不时抛下几片玉兰花

一瓣落在水杯里,茶水多些清香
一瓣落在池子里,引来几条金鱼围观
一瓣落在猫身上,它睡得更香了
一瓣落在脸上,让我没了睡意
不管这落花是否有意,我都觉得
与其在枝丫间枯萎风干
不如落下来慰藉人间

风继续吹,花不停落
和它们一起轻轻回归大地的
还有宿命里的我们

致自己

一

不喜欢听风,风里有太多传言
不喜欢说话,话里总有躲不过的明枪暗箭
有时候,沉默是面镜子
在寂静的夜里,一一照出内心的不安和羞愧

做自己,皆随缘,笑看落花流水伊人去
不喜欢的,高高敬在身外
喜欢的,深深放于心底

二

有人提出问题,有人拿出建议
有人大胆推理,有人果断否定
有人争得面红耳赤,有人吵得拍案而起
我沉默不语,留下这几行证据
证明自己曾如此这般地存在
如诗人所说,用存在,对抗虚无

在路上

一

不喜欢去送人
也不喜欢被人送
送完人,总感觉两手空空
要买瓶水拿着
被人送,总感觉后背沉重
转过弯,赶紧脱去外套

二

越走天越黑
越走雨越大
一路没见一个人
一路没说一句话

到达目的地时
山脚石屋的一窗灯光
让我重新回到人间

思念

一

有时,思念像脱缰的野马
把一条路弄得尘土飞扬
有时,思念像刚学会游泳的你
把整个泳池弄得凌乱不堪
有时,思念像无人区
再火辣的太阳也无法取代
满眼的荒凉

二

思念,像千万棵小草一样拱出来
被孤独的岩羊咀嚼后
势不可挡地,冲向你的皮鞭

旧书谣

半夜起来烧水喝
等水开时,在抽屉里看到一本爱情小说
和一堆过期的药片放在一起,陈旧不堪

过期的药和泡过的茶一样平淡无奇
可书就不一样了。无论多旧
每一次打开,都会经历一次生离死别
每一次合上,都会憎恨这冷酷无情的老天

失眠谣

晚上睡不着,早上醒得早
不知不觉中,和夜格格不入起来

小时候只嫌过得慢
如今只嫌一年比一年过得快
因为人到中年,时间对我们来说
一年比一年重要

于是,睡不着时会想很多
想多干点活,想多走点路
想去雪山看鹰,想去草原骑马

还没想出个眉目,竟酣然入睡

悟

总想要分出胜负
总觉得非黑即白
可生活告诉我——
胜负又如何
黑白会颠倒

河里那两个势不两立的石头
早已被流水磨得光滑
街头那两个剑拔弩张的妇人
早已各自回家

面壁一样,面对自己
胸透一样,直击心底
便会感恩,感恩人潮人海中
每一次遇见

四月歌

一

再小的河沟
都会有几条小鱼
再陈旧的村庄
都会有一个美丽的四月

二

春风唤醒了桃花
桃花唤醒了白头翁
白头翁唤醒了瞎子奶
一听到鸟鸣
瞎子奶就知道，麦子出穗了

三

爬到楼顶取风筝时
看见东院的玉兰花开了
洁白洁白的
西院的洋槐花也开了
洁白洁白的
前院的村医四婶正要出门
身上的白大褂，洁白洁白的

四

侄女的读书声让清晨有了意义
母亲做饭的炊烟让黄昏有了意义
弯弯的月亮让夜晚有了意义
房前屋后的油菜花
让四月有了意义

五

小学校舍焕然一新。除了名字
其他已不是记忆里的样子
三十多年了
依然害怕那些已白发苍苍的老师
也依然害怕那个早已不在的
脸上有疤的看门大爷

六

"依稀往梦似曾见,心里波澜现
抛开世事断愁怨, 相伴到天边"
在麦田,姐姐唱起曾经喜欢的歌
生生把这偏僻的乡村唱成江湖
把绿油油的麦田
唱成射雕引弓的草原

七

村里人喜欢盖房
在外挣点钱都拿回来添砖加瓦
以前的菜地上盖了房
打谷场上盖了房
就连祖坟旁也盖了房
这样也好,两个世界一墙之隔
生死守望

八

人间最美四月天
人生最恋故乡土
这种体会和头上的白发一样
越来越清晰

五月歌

阳光开始炙热
小麦开始扬花灌浆
五月,以热烈的开端
让枝叶繁茂,牛羊悠闲
一个农家小院是一方清净世界
一个偏远村庄是一个更大的世界
装下我最熟悉的天地和记忆

在老皂角树下坐一坐
不看手机,不说工作,不还贷款
也不思念什么人
听布谷声声,桥下流水,田间野风
也听邻居大娘吵小孙子
喜欢这样的自然朴素和无所事事

日头越来越高
干脆脱下外套
晒一晒,心里的陈年趣事儿
也顺便盖住,眼前的不惑与挣扎

邀

五一将至
收到信息：节日归来一聚
回复：疫情当前，免聚

又邀：包了一座山头，碧水环绕
八百棵樱桃树丰收在望
三十亩月季已经盛开
两千一百只土鸡活蹦乱跳
六十只山羊正肥
我一个人享用，实在浪费了

速回：我带上新茶老酒
不见不散

七夕

一

一早去寻你
顶着白云朵朵
沿着一路秋色
出城三十里

将一片心意,两眼秋水,挂你门前
你抬头微笑,最好露出牙齿
即签收

二

月亮挡住太阳
留给人间一个金色的环

群山挡住乌云
留给大地一场天青色的烟雨

你的长发挡住我的眼
留下一抹动人,唤醒心底的春天

柿子红了

院里的柿子熟了
地里的花生和芝麻也熟了
生活,总是围着这些香甜的果实

为了这一季收获
他无暇顾及一树红红的柿子
和新娶的媳妇儿
俨然一家之主

颗粒归仓后,黝黑的脸上露出白牙
她拿着新摘的柿子迎他
天黑以后,她的脸像柿子一样
更红了

自白

我从丹水宛地来
在黄河边谋生

生活的初心是过踏实点
写诗的初心是感慨生活

一直反感装模作样
从不赞美丑陋邪恶

欠青春一些奋斗
欠这个世界一些忏悔

渴望一场孤独的远行
让我经历八十一难后活着回来

如梦令

惊醒三次
夜被梦分割得支离破碎
梦里的意境也支离破碎
断片一样,怎么都连不起来
清醒以后,做回自己
继续不谙世事,不懂拒绝
继续沉醉如梦,不知归途

只有在梦里
才能笑傲江湖,运筹帷幄
只有在醉后
才能嬉笑怒骂,血脉贲张

中年祭

行吟者一直在路上,满身沧桑
头发上有大漠的尘沙
脸上有青藏的阳光
眼里有连绵的雪山

对面的人一直在挣扎,满身沧桑
每天过得像末日
上班就像上坟
睡觉就像长眠

呵,这就是中年

黑歌

一

从小到大,他们都说我长得黑
还好,心不黑

二

晚上怕黑,白天怕晒黑
这是女人的通病。不抹防晒霜坚决不出门
就跟没有美颜绝不照相,是一个道理

三

怕熬夜,怕一晚上面对一张白纸
等纸上写满黑字
等烟灰缸里盛满黑色的灰烬
才能睡得着

四

喜欢顾城的老白从不戴太阳镜
他说,要用黑色的眼睛寻找诗意和光明
一旦戴上太阳镜,天地都黯然失色

五

没有星星和灯光的夜里
在四周那些看不见的生命的眼里
我们也是令其恐惧的黑色怪物

六

和放羊人一样黝黑，拘谨
却没有他内心的宁静
我知道，是因为他和他的诗
从未离开过那片黑土地

七

无法阻止时间，无法阻止白发
我还是看到了，满头黑发的母亲
发根处的点点苍白

八

希望下一本诗集，封面设计成黑色
煤炭一样，在清冷的夜里
可以发出一点，光和热

离人歌

白露替代处暑，晨曦替代星空
长裙替代校服，行囊替代书包

第一次离家远行的少女
斜挎布包，衣衫飘飘，像云游的僧人
打今日起，开始了遥远的苦行修炼

风，从她消失的地平线吹来
风中的人，正好借着风，揉了揉眼睛

寄语

临行前的那晚

学会与天空对峙

直到星子退却

才带着行李与口琴离开

一代又一代,都是这样离开

离开母亲的呼唤和小伙伴的追赶

一代又一代,都要这样经历

在更远的天际,只有雄鹰般的翱翔

才配得上不朽的青春

悲凉辞

想让长大的孩子远走高飞
又害怕他们远走高飞
不知该如何安放寄托与思念

想突然见到故人归
又害怕突然见到故人归
不知该如何寒暄，更不知
该如何表达恰如其分的喜悦

想放下全部的脾气与不甘
又害怕放下全部的脾气与不甘
害怕失去最后的棱角与抗争
想不再伤春悲秋
又害怕不再伤春悲秋
害怕麻木的心中没有一丝悲悯

在九月，想到这些
即便在中午三十度的阳光下
还是感到了一丝悲凉

纪念日

9·18，7·7，9·3
东北，卢沟桥，南京
日本人在暴戾恣睢中止步
中国人在千疮百孔中站起

14年，伤亡3500万
一寸山河一寸血换来的纪念日
很痛，所以要痛定思痛
血债不一定要血还
但一定要让所有人记住流过的血

今天，所有的山，树，建筑
还有那些高粱，玉米，野草……都是碑
一边纪念，一边缅怀
一边撑起一个全新的天地

移民谣

自 1958 年以来
大坝不断增高
水域不断扩大
丹江也越来越美
可有那么多人却要背井离乡
离开生于斯长于斯的故土

50 多年来
30 多万人踏上移民之路
老李就是其中一个
移走 7 次，又回来 7 次
大半辈子奔走在移民路上
这一次，终于踏实了
70 多岁的他又回到淅川
就埋在丹江边上

老船工

快返航时，才发现船头坐个老人
给烟不抽，给水不喝，直盯着江面

崭新的船有驾驶舱，也根本不需要摇橹
他还是雕塑一样坐在船头
年轻的船工说，老人的木船破了，老伴没了
但他就是不肯上岸，每天守着丹江

靠岸后，大家都下了船
老人还是一动不动
看到船工系好绳索后
轻轻地丢下一句：小心驶得万年船

喝火令

南方的阴雨终于被台风赶了过来
狼群般猛烈,压在头顶

雨渐疾。满池荷叶死死撑着
岸上翠竹却早早俯首称臣
柔弱的诗人,寄来一腔豪情
 "只管今天,只管醉流连
只管踏歌如梦,半晌也贪欢"

雨渐弱。执杯,执念,执喝火令
看雨来,看雨去,看灯起,看烛摇
正好浅斟,正好读刘年
正好醉卧西窗,观云开星现

子夜时分,风雨又来
天地一片狼藉。我只抱着那本《楚歌》
风再大,也不松手

飞翔之歌

以星光对抗黑夜
以孤独对抗喧嚣
以满头白发对抗几缕青丝
习惯以这样的方式飞翔
就像鹰习惯翱翔于广袤的天空

一直飞，一直飞
可能遇上风暴，也可能被猎人瞄准
让我停留片刻的，可能是一场雪
也可能是，你的注视

人海里，又一次起飞
不惊动任何人，也不抖落羽翼上
那片洁白的雪

我会把我掠过长空的身影
投向你深深的注视里

过往

一

一个秋天,需要一场秋雨
一场秋雨,需要一地发黄的落叶

一些执着,需要一条崎岖的小路
一条崎岖的路,需要一颗饮尽孤独的心

在深夜,我和这场雨产生强烈的共鸣
它把苍凉,萧瑟,悲伤,挂在玻璃上
我把苍凉,萧瑟,悲伤,铺在纸上

二

汛期已过,洪水退去
河流恢复平静

昨日咆哮,今日沉默
日子回归平静

越来越像老家的河
无论风多大,都掀不起一点水花

惊雷颂

傍晚,隐藏了一天的云
涨潮般涌来,在天际摆弄着姿态
时而惊艳,时而媚俗

顷刻间,黑云覆盖白云
夜色覆盖白昼
一道闪电,覆盖了天地

糟糕的老天,摆弄着糟糕的世界
时而阴云密布,时而风雷滚滚
如同糟糕的我,摆弄着糟糕的人生
时而垂头丧气,时而破绽百出

一声惊雷,叩开这漆黑沉闷的夜

秋雨颂

一

一场秋雨一场寒
两场三场后,彻底告别夏天

二

一场大雨后,沟满河平
池塘里的蛙,叫出了盛夏的感觉

三

雨停了,夜深了,灯熄了
一只刚刚在树梢蜕变的秋蝉
挥了挥白色的翅膀

四

和所有的故事一样
所有的夜,都有头有尾
狗叫是夜的序曲,鸡鸣是夜的尾声

秋歌

一

天空开始通透,云彩越来越美
有叶开始变黄,有叶已经落下
天虽炎热,但一叶已知秋来

再等一场秋雨,我将进山
看层林尽染,看万山红遍
看秋意秋思落满人间

二

一大早,穿黄衣的快递小哥
穿过几条街巷,冒着连绵细雨
把车上的包裹和丝丝凉意,逐一送至

最后一件,是落在车顶的一枚银杏叶
实在找不到收件地址
便依据朋友圈里的提示,把它挂在树上
挂在了立秋的枝头

秋

一

夏天的云散去,秋便高大起来
脱胎于绿叶的黄叶、红叶,呼之欲出

二

这个季节的月亮最好看
这个季节的人间,最盼月圆人圆

三

阵阵秋风掠过,带来遍地金黄
唯有草尖上的露珠是白的

四

田野里,秸秆开始干枯,野草开始干枯
深藏于河沟里的蟹,却肥了起来

五

不是所有的账都能等到秋后
趁刚入秋,速去找蚂蚱、蟋蟀、蚰子算账

六

红薯被霜打后才更甜
人被风雨岁月洗礼后，才更成熟

七

"萧瑟兮，草木摇落而变衰"
在宿命里悲秋，不如在轮回中期待重生

秋海棠

春天种了七株海棠
到秋天存活五株

惦记多了，就会梦见
梦见多了，就会回去
回去了，先看海棠，再看你们

花有花开花落，人有来来往往
但愿每次回去，海棠依旧，人依旧

坏了

电闸坏了,屋里一片漆黑
只能盯着手机翻看——
北极的一处冰架塌了
新一轮超强台风在菲律宾海已形成
全球疫情确诊数已突破两千万……
老天坏了,世界一片狼藉

聊天得知,两个朋友的身子也坏了
一个是胃坏了,一个是血管坏了
四十出头的年纪,让人一片唏嘘

很多时候,知道坏在哪里,却无能为力
对于老天,我们找不到足够大的药碗
对于生活,我们放不下自寻的烦扰
和纵情的酒杯

沙画

细细的沙
和她柔软的手指完美结合后
便有了骨架,有了生动
有了形态和灵魂

每一个细水长流的日子
就像一盘细细的沙。她深知
怎么捏合,无非都是柴米油盐
只不过,仔细一点,它会精致一些

生活的风浪,曾掀翻过沙盘
那些骨架,生动,形态,和灵魂
散落一地,变回了沙。尘埃落定后
她又将那些沙复盘,让它们继续游走在
日复一日的故事里

人到中年

30岁以后,喝多酒会失忆
40岁以后,即便清醒,也有很多事遗忘
于是,人到中年,便时不我待地
去思考,人生的意义

中年,像一根扁担
一头担着未来,一头担着过往
如果现在,中暑或生病了,会觉得四肢无力
会觉得两头虚无

人生无论多么强大,辉煌
最终都输给岁月红尘,输给七情六欲
平平淡淡活着,平平淡淡走向黄昏
走向厚重而冰凉的黄土,才是真

现实,常常让人觉得,中年即无奈,无解
既如此,不妨在睡不着时,或梦醒时
去屋顶仰望天空
去等客人来,去送故人归

债

那年夏天
高考前,他吃坏肚子
父亲放下手里最要紧的农活
拉着他,四处求医

多年后的夏天,父亲生病住院
他放下手中最大的一单生意
全程陪护,四处打听最好的治疗手段
和当年父亲求医时的表情一样

像父亲当年安慰他那样,不停安慰父亲
嗯,没事的,父亲不停应着
像个听话的孩子

他说,这是还当年的债
只是,生他养他的债,这辈子
怎么都还不完

老乡

还没说完第三句话
对面的年轻人已确定我俩是老乡
一样的黝黑,一样的方言土腔
一样的从农村出来,一样的在城里打拼
一样的爱回老家,一样的爱吃板面
一样的不喜欢坐绿皮火车回去
还一样的,喜欢诗和远方

吃完饭,要进山时
年轻人突然掉头而去
几分钟后,发来微信:
老娘生病,急回老家一趟

几天后,又来微信:
在医院陪护,可否发一本诗集解闷
我秒回:发五本,一本读
其余的,可当枕头,也可拍蚊子

修行

朋友爱旅行
退休后，差不多一年四季在路上
满眼辽阔，一身沧桑
行吟者爱骑行
跨上新大洲摩托，去青藏，去雪山
打磨脚板，打磨孤独与诗句

我困于斗室
但以他们为榜样，为参照
有时读懂辽阔，有时参透孤独
有时一气呵成，有时写烂写死
还有时，在某个失眠的夜里
这些死了烂了的，又在新的思绪里
活了过来

观山

风越大,云越暗,山越乌青
风停了,云变成薄雾,山模糊起来

对面 1600 米的山峰
钻进云雾里,半天没露脸
外甥女拿着 600 多分的成绩单
不知何去何从,纠结了一天

和我一样平躺的,还有院里的睡莲
和她一样纠结的,还有窗前的葡萄藤
和时隐时现的太阳

女货车司机

一辆大货车拐弯时被山岩卡住
本来就窄的山路，彻底堵死

后面几辆货车干脆熄火等待
司机们纷纷下车，喝水，聊天
那辆晋 D 牌照的货车司机，是个女人
她说，谁不愿在家带娃，洗衣服，做饭
以前，她就是干这些的
只是丈夫一出车，她就担心
晚回来半天，就着急
晚回来一夜，就坐等一夜

那一次，丈夫晚回来三个月
她见到他时，他已在事故中失去双腿
为了这个家，她毅然接过方向盘
"这下好了，也让他体验体验，那种熬煎"
说完这话，女人拿出大号的富光杯
男人一样，牛饮起来

被时间追赶

焦灼

一上午都在焦灼
错过的股票不停地涨,直到涨停
窗外那团乌云一直不下雨,也不散
山里民宿的老板说好回话,却一直没回

更让我焦灼的,是那个99年出生的女孩
写出的诗,已得到刘年的真传

明天

我高高兴兴回来时
他们正高高兴兴离开
隔着车窗
望见熟悉的蓝天,白云,操场
望见青春与过往

但愿,我苦苦逃避的现实
不是他们全力以赴的明天

七月在楼顶花园大醉

一场突如其来的大雨后
一杯一杯地点燃自己
有时是用酒淬火，有时是借酒浇愁
有时是为了纪念，或祭奠

这一杯，为1071万考生
生于非典，考于新冠
十年寒窗，百般艰辛
过了这个夏天，就像出笼的鸟儿
奋力飞向更远的天空

这一杯，为安顺公交车上的乘客
车子像脱缰的野马，冲下围栏
本是载人的工具，却成了困人的牢笼
本是滋养生命的水，却成了夺命的洪流
七月的虹山水，太凉，太重

这一杯，为淮安的两个战友
两个属大龙的男人，为了梦想，为了正义
倒在罪恶的尖刀下。恶魔终将伏法
可在人群中，那个四岁和一岁的幼小身影
会一直模糊着，我的心绪和视线

这一杯，为明天

即便与明天隔着黑暗,隔着灯火

隔着不可预料的未知

也要怀抱隐约可见的星空

和大地一起迎接晨曦

愿明天如约,人间温暖,彼此安慰

迷失

雨下得不小,车限号,共享单车太湿
等公交时,看见一辆越野车
车后玻璃上贴着诱人的青藏线
雨刮不停地摆动,戈壁,盐湖,拉萨……
这些字越来越清晰,也越来越远去

一辆农用车停在了路对面
披着塑料布的瓜农,下车查看
把盖在西瓜上的塑料布拉紧
又从瓜堆里摸出半根油条,一把塞嘴里
黝黑的脸上,露出白牙。抬头看看天
继续驶向下一个路口
雨再大,也浇不灭一车希望

公交车,依旧没来
回头时,瞥见电线杆上的寻人启事:
40岁,脑萎缩,在家门口走失…
和我相仿的岁数,迷失在最熟悉的地方
于是,想到自己,在这样的年纪
迷失在自己的世界里
像这路公交车一样,迟迟没有抵达

日子歌

日子是柴米油盐
是播种收获，是相逢离别
是嬉笑怒骂，是歌，也是诗

每一个日子，都是一个轮回
周而复始着一些微不足道的得失
只有经历过许多日子后
才学会放下，才不去计较

日子，周而复始地
教会男孩子抽烟喝酒，读懂女人
让他们一夜之间成为男人

给女儿讲故事

一

每次给女儿讲故事
她总是先问结尾
悲惨的不听，坏人赢的不听，好人死的不听

有时候挺想告诉她
人会经历悲惨
连孙悟空都被压了五百年
好人会死，坏人也会赢
抗金英雄岳飞，就是被坏人诬陷杀害的

这一次讲《红楼梦》，她却没问结局
问及原因。她说老师不喜欢林黛玉
她也不喜欢
最重要的是，林黛玉死了

二

立字为据没用
甜言蜜语没用
糖果礼物也没用
在女儿眼里
拉钩，才是世上最可靠的承诺

与天空对弈

读书,喝茶,一整天不出门
百无聊赖时,隔着窗与天空对弈

它搬出云层布阵,我捧着诗书接招
无论云层怎样变化无穷
也无论它是白云、青云、彩云
抑或是孤云、闲云、纤云
在我手捧的典籍里,它们一一被赋予光辉

当压城的黑云出场时
我和天空骤然暗淡,握手言和
当天际一颗星出现后
天空,突然收走了所有云层
还给大地一个深邃无垠的星空

致七月

刀已磨好,马已喂饱
扔掉破旧的书卷和灰暗的回忆
再有几天,便可冲出大门,绝尘而去

东边有日出大海,南边有江南雨巷
西边有雪山草原,北边有大漠苍穹

可以带足盘缠,带上雨伞
更要准备一颗能忍饥挨饿、笑看风云的心
因为无论哪个方向,哪条路
都不会是坦途

学会

在田间待久了,学会简单
一分耕耘一分收获

在老北山顶待久了,学会审美
再小的花草与云朵,都有自己的姿态

在312国道边待久了,学会理解
理解大货车的快与牧羊人的慢

在人群中待久了,学会逃避
逃避人间喧嚣和自己的无能为力

父亲

一

父亲爱唱戏,生产队时
在村里唱过《红灯记》,他演李玉和
虽然没啥人去看,他却唱得很认真
像极了他的人生

二

父亲当过兵,在机械连
挖山洞时把两颗门牙打掉了
复员 30 多年后
他才知道自己是有伤残补助金的
可他不在乎。他说
他把最好的光阴和最好的牙
留在部队,已经满足了

三

父亲爱喝酒
从 20 多岁喝到 70 多岁
以前我给他倒酒看他喝
现在他给我倒酒陪我喝
喝酒时,我们从不划拳,也不说话

却每次都不约而同地举杯
母亲说,我们爷俩喝酒的声响一模一样

四

父亲乒乓球打得好,擅长削球
像他的性格,绵中带刚
小时候我总打不过他
初中以后他不再是我的对手
在一次0∶3后,他勉强笑笑
轻声说"你长大了"
从此,再不和我打球

五

以前是我听父亲的
上学,找工作,找对象,都要问他
现在是他听我的
买什么菜,做什么饭,几点出门
就连想回趟老家
他都要低声下气地问我半天

一个警察的父亲节愿望

习惯了各种节日
习惯了各种节日里的忙碌与守护
就像习惯辖区每天的万家灯火与草木安详
当然，也习惯许下一个又一个
带着深深歉意的愿望
这一次，是许给父亲的

要带父亲去江边
他钓鱼，我拿鱼篓，小时候一样
不停地问，鱼什么时候上钩
一遍一遍地数篓里的鱼，生怕少了一条
直到傍晚，一起收渔具，一起披着夕阳回家
一起送走快乐的一天

要带父亲去山里
沿着他年轻时进山的路
听他描述那些年，那些人，那些事
听他骄傲而无憾地追忆青春
站在他曾跌倒过的山头合张影
再学他当年的样子，对着山谷吼
然后，听回音，听山风，听军号声声

要带他去从未去过的雪山草原
给他指蓝天白云，牦牛雄鹰

还有山顶终年不化的雪
再和他一起跨上骏马
一起感受大地的苍凉与辽阔
然后听他在马背上感慨——
老骥伏枥和壮心不已

要带他去找最地道的小酒馆
请他吃清淡的小菜,喝陈年的酒
微醺后,一起划拳,一起吹牛
其实,我更想听他喝醉后的夸奖
无论到什么年纪,父亲的鼓励最有分量
无论多么沉醉,父亲的话都不会忘
做人本分,做事清白,做警察,命是大家的

孟婆汤

高温，闷热，无风
夜市摊上，大哥从不废话，总是先干为敬
越是沉默寡言的交情
越能碰撞出结结实实的声音

在小城一角
成功的，落魄的，年轻的，中年的
四面八方归来的游子
用沾满灰尘的土话，划拳猜枚，嬉笑怒骂
反倒是满口普通话推销啤酒的女孩
成了这里唯一的另类

"让我们红尘作伴活得潇潇洒洒……"
一群看着最年轻的人，居然唱这么老的歌
顺嘴角流出的，可能是羊油，或啤酒
卡在喉咙的，可能是烤鱼的刺，或一个表白
最后，全都淹没在酒杯里
这块刚脱贫摘帽的大地
被一代又一代粗狂豪迈的男人眷恋

躁动的音乐声里，孟婆登场
众人趋之若鹜，少顷
喝罢孟婆汤的人纷纷原路返回，落座
只有醉酒的大哥

怎么也找不到自己的车子
看来，比孟婆汤更管用的
是今生的一场大醉

跑步赋

一

公园里那些犄角旮旯的小路
被我的脚步串起来
在手机上看，像个被猫斗过的毛线球
每天，画一个毛线球，出一身汗
便觉得自己瘦了一圈

二

经常有擦肩而过的奔跑者
我会默默地追赶。心情好时
能追上那个比我小十岁的大长腿
春天来时，能追上风里的十里花香

三

跑得久了
脚会爱上鞋，鞋也会保佑脚
每次经过那个湿滑的拐角
双脚总会带着鞋子腾空跃起
又稳稳地落地，儿时一样轻盈

四

一路上有樱花，玉兰花
有月季，牡丹花，郁金香，菊花
樱花开时最热闹，因为花期最短
月季花前无人问津
因为，它开到下雪还不肯凋谢

五

两公里后开始出汗
五公里后开始享受
出了银杏林便开始冲刺
一头扎进竹林子后
我知道，这一天又过了万步

六

途中最沧桑的是国槐
每年都担心它不再发芽
可每年它都会慢腾腾醒来
围着它从 160 岁到 170 岁
我也从 30 岁跑到 40 岁

七

奔跑时
可以抛开杂念
想着一件激动人心的事
整个五公里行程会缩短很多

八

擦把汗，压压腿
关上铝合金门后
暮色突然加重
吞没了身后园子
也吞没了竹林里那对
争吵了40分钟也没有和好的恋人

想

想一觉睡到天亮
错过整夜的月色和星光

想再赖会儿床
静静地看窗外，看凌霄花和石榴花
谁先落下

想有块稻田
听蛙声一片，听稻花香里说丰年

想置身雪山
可以与孤独的鹰，和更孤独的诗人
打个照面

雨中致辞

多少年了，一直站在那个楼梯口
看这个城市的日出日落，四季风雨
转过身，顺便在镜子里看一眼
与日俱增的白发和一直紧锁的眉头

面对今夏第一场大雨和风暴
内心突然安静，想到四个问题：
一是确认已到了上有老下有小的年纪
二是除了收入，其他都要收敛，尤其是脾气
三是每一天除了感恩，就是忏悔
四是支撑我们活着的
是水，心态，健康和免疫力
而不是手机

救世主

白天躺在床上
把手机当成苍天
大把大把吃药
把医生当成救世主

是一本书唤醒了我
人潮人海里
那座一米六三的悬崖
让我见识陡峭之美

此刻
刚到手的《楚歌》才是救世主
窗外，被我遗忘的苍天
死死地被雾霾裹挟

童年谣

一

关于回忆,儿时最纯
关于快乐,童年最真
 在罗大佑的《童年》里
我们度过了童年

二

没有零食,没有玩具
没有花衣服,没有蝴蝶结
 碎布头缝制的书包,一直用到上初中
桶箍做成的铁环,一直在心里滚到现在

三

学校没开美术课,也没有老师教
我却画过很多东西
小桥,溪流,田野,村庄,落日,炊烟
还有那个城里小姑娘的马尾辫

四

第一次拿家里钥匙

珍贵得像宝贝一样挂脖子上
放学后炫耀一路。到家时
还是习惯地爬到树上，再翻进了院子

五

村里的草垛子和小树林
是捉迷藏的好地方
小丰姐总是赢，我们很少能找到她
最后一次，她藏得更深
家人找了几年，打工的地方也找遍了
依然没有找到她

六

无论多调皮的孩子
照相时都会拘谨
任由着照相师摆布。摆布久了
表情会更僵硬，眉头也会皱起来
直到现在，我皱起的眉头还没放下来

七

那个时候，每次坐在父亲肩头
就会觉得自己是天底下最幸福的人

铁路歌

去吃卢记烩面
需要穿过七八条铁路
有几条已废弃。它们的尽头
要么是一堵墙,要么是一堆砂石

火车不会再来了
生锈的铁轨像条大蛇一样
趴在生机勃勃的杂草丛中,一动不动
从明亮的钢铁,到褐色斑斑的钢铁
铁路,像烩面馆里坐的那个
退休多年的机务段工人
半天不动筷子,一动不动
眼中是无尽的落寞

大风歌

是大风救下了蓝天
是大风还给我们眼前一亮
可怜的天,可怜的人们
对这肉眼看不见的颗粒束手无策

我们看着夕阳落在山那边
却始终没看见,风去了哪里

贺辞

愿和美好的事物在一起
那些山,那些水,那些树木花草
一直是心里美好的向往

愿和美好的人在一起
一起走过山水,一起种花种树
一起经历风雨,一起抵达彼岸

为了这一天
各自打开人生的导航
穿越迷雾,越过山丘
迈过了最难迈的坎
露出了最轻松的笑
摁下了托付一生的印信

从此,两个人的世界
就像一首简单温暖的旋律
需要用心奏响在
余生的每个烟火日子里

画赋

凌晨四点的画笔

蘸满黑夜的纯粹和星光的灵气

有时把天当成纸,有时把纸当成天

带着酒意的灵感,让天地在笔下恣意流淌

会画画的好处是,寂寞了

可以画一个人,与她对视,相互温暖

伤感了,可以画一堆火焰

对抗夜,对抗黑暗,对抗满目荒寒

时间会给付出加冕

黎明的第一缕曙光出现时

画画的人,和画中人,都会被赋予光辉

黄昏歌

这是一天中最放松的时候
太阳收起锋芒,牛羊唱起歌
国道上的车流也放慢速度

田地最慷慨,让老农拉走一车油菜
赵河最小气,只给钓鱼人三四条小鱼
收粮食的老板送走几卡车货后
打开了记账本和一瓶啤酒
驻村干部合上扶贫日记,骑着摩托车回城
女老师从象牙塔出来,回到烟火人间

把日子当成流水,不停地奔波和感慨
把每一天,当成一首写实的小诗
把每一个黄昏,当成这首诗
意犹未尽的结尾

冬至

如约而至的，还有传说和期待
多少年了，一直站在冬天深处
一边迎接严寒风雪，一边备好温暖祝福

一同站在那里的，还有母亲
一边缝补离情，一边在村头翘首以盼

走过的人潮人海中，她是最柔弱的存在
佝偻的身影，却能融化归途上的千里冰封

妈

学会说的第一个字,是叫妈
叫一声,她答应一声
再叫,她会放下手里的活过来看看

用上手机打的第一个电话,是给妈
故作神秘地喂了两声,她问:是谁呀
再喂,她竟挂掉电话

发工资买的第一份礼物,是给妈
双手递过去几次,她都不要
再递,勉强收了,却偷偷把钱塞到枕巾下

多年后,回老家叫的第一声,还是妈
叫一声,没人应,两声三声,还是没人应
用手捶门,捶得足够响,足够长,门才打开
还是那双慈祥的眼
只是添了皱纹,添了白发,添了岁月风霜
也添了满院子的新叶与荒凉

农事

一

吃着白面馍长大的我们
却不怎么爱干农活
但打心眼里敬重农事
无论走到哪儿
都会往农田里多看一眼
因为,那里有我们汗流浃背
和关于温饱的深深烙印

二

那时,庄稼是人们唯一的指望
李家的羊啃了王家的红薯苗
引发一场嘴仗,惊动全村
为平息事端
后来李家把那只羊宰了
以谢王家

三

放牛是件很枯燥的差事
河边一坐就是老半天
二柱喜欢放牛,因为可以看书

看得入迷时，牛跑到农田里他都不知道
放牛不称职，考试却总是第一

四

晚上睡在瓜棚里看瓜，遇上暴雨
衣服被子被雨浇透。雨停后
干脆蹲在地头看雨后夜色
瓜地变成了水田，里面还装满
月光、蛙鸣、杂草
和一个个拳头大小的生瓜蛋

五

抢收抢种是农家的常事儿
二嫂和二哥吵架后回娘家住
都劝二哥去把媳妇叫回来
他笑笑说，快割麦了，她住不了几天
果然，开镰那天，天还未亮
二嫂风尘仆仆地回来了

六

如今，在田间
机器替代了劳力
冒着黑烟的拖拉机声嘶力竭

像在抗争,也像在咒骂
咒骂蹲在地头悠闲吸烟的男人

七

那天晚上醒来
看到阳台上晾着老家捎来的干豆角
月光下,它们像长短不一的诗句
记录着过去的酸甜苦辣
散发着质朴的乡土气息

种树谣

老家屋后那片空地
种过杨树,种过竹子,也种过红薯
杨树成材后做成新房的门窗
竹子砍了编成篱笆院墙
红薯晒成干,磨成面
对付着那些年的青黄不接

进城十年,那块地荒了十年
地和房子一样,没人照顾就陈旧得快
把城里巴掌大的地儿当成了家
而宽敞的老家宅院,被杂草和荒芜占据
父亲不忍,便回去种上树

七棵红玉兰,七棵海棠
像新生的孩子一样慢慢长起来
也像他的后代一样
让这片故土生生不息

钓鱼歌

面对河水，心里会瞬间清净
水和天一色，也和天一样莫测
鱼和钓鱼人一样兴奋，也一样相互试探

他看着水，她看着他
其实，她更多是看天，看云
看波澜不惊的赵河，看河边的油菜花
一阵阵风浪，一次次把她尖叫的
鱼上钩的消息，传遍两岸数里

风大了，不怕；变天了，也不怕
和水里的鱼一样，不惧怕风雨
而且，20年的爱情与陈酿
足以对抗，日子里所有的风吹浪打

读书歌

其一

少时喜欢读隋唐演义
着迷十八路反王，六十四路烟尘
后来喜欢读金庸，红楼
深陷江湖风云，儿女情长
现在，看到什么读什么
哪怕是枯燥的经济、法律书
总想像阅读四季一样
读出点人间烟火味
读出点跌宕起伏，长短不一

喜欢半夜醒来读书
目光从窗外的漆黑一片
落在书中那些漆黑的字上
心里顿时亮堂起来
还会跟着灯光一起摇曳
有时，还能读出点
"三更灯火五更鸡"的快感
合上书，会发现灯光下的事物
如书一样黑白分明
合上眼，会觉得书中的场景
如星空一样若隐若现
再度入眠，夜色依旧

整个世界彻底安静下来

其二

越来越发现
能慰藉内心的东西越来越少
夜里失眠的次数越来越多
睡不着时，干脆打开落满灰尘的书
以纸的白，对抗夜的黑
以跳动的字，呼应闪烁的星
打开书，就像打开一扇窗
可以看到江河湖海，悬崖峭壁
也可以看到风雪弥漫，十面埋伏
密密麻麻的字里行间
隐藏着太多秘密与深奥
也留下了太多线索与痕迹
越读越发现，书就是一面镜子
时常照出我的肤浅与羞愧

其三

睡不着时，读了雷平阳的诗
我还是觉得我更喜欢刘年
老刘的诗更短，更明白
更能博得我的欢心和愉悦
也更能让我踏实入睡

回乡记

终于回到那条熟悉的乡村土路上
感受着麦田与淳朴，回味着过去与温饱
土路泥泞不平，却保留着大地的本色
寒冬的麦苗柔弱无力，却撑起了
来年一望无际的金色麦浪

背着干粮和梦想出去，带着回忆和白发归来
几只瘦小的麻雀为我开路。举目四望
茅草屋，土坯房，青砖黑瓦
和剃头挑子的技艺一样，濒临失传

镇平，安子营，堰潭，白草庄，胡刘营
这些故地，连带着故人，成为我的故乡
走到哪都亲切，看见谁都有讲不完的往事
我用一块料疆石，伴着一声叫喊
划破宁静的田野，问候久别的故土

大多数的时间用于奔波
大多数的夜晚都在失眠
只有回到这里，可以倒头就睡
风里还藏着儿时的呓语
树上还有没掏完的鸟窝
墙缝里还塞着从爷爷口袋偷来的
半根"白河桥"牌香烟

星空

累的时候
总想坐在草垛上，小时候那样
抬头仰望星空
那里有太多传说和记忆
顺便再数一数，那些从没数清的星星

数第一遍，好像少了个图案
那个课堂上只有我答对的几何图形
时隔多年，早已没了年少的机灵

数第二遍，好像少了个亮晶晶、会眨眼的
那个在我青春妙龄时常常看见的那颗
岁月风尘，早已遮蔽了眼里的清澈

数第三遍，好像少了个点灯指路的
那个迷茫时曾激励我走出困境的那颗
凡间琐事，早已麻木了驿动的心

数着数着，天空模糊，星光暗淡
一个背着花书包的文弱少年
赫然出现在熟悉的乡间小道上

归来煮酒

一场雪来得正好
一盆木柴火烧得正旺
一只摔瘪的铝壶正靠在火边
浑浊的农家黄酒正在壶里翻腾
冷清一年的火盆和老屋,渐渐开始
温暖而喧闹

仿佛是循着熟悉的酒香与烟火味
那些熟悉的身影,纷纷从异乡归来
进门前,习惯地跺跺脚
抖落身上的雪花与一路风尘
听见这动静,沉默的爷爷
露出久违的笑意

飘雪的午后,腊月的村庄
火光沸腾着浊酒,回忆沸腾着时光
此中妙意,比酒醇厚,比火热烈
大家开怀畅饮的样子,更像是
对生活与命运的和解

看戏

梆子响起，曲调像胡辣汤一样够味
公园一角，一边是花木兰，一边是朝阳沟
没几个人看，两边却在较劲
唱腔，动作，念白，有板有眼
天快黑了，都没有停下来的意思
好像非要等到
花木兰说服了刘大哥
拴宝追回来银环
才能曲终人散

过年谣

一

这是我们最重要的节日
不管你高兴与否,都要隆重地
老去一岁

二

再远的路,都要回家
再近的路,都是归途

三

过了腊八就是年
过了除夕就是春天
过了十五,一切都要按部就班

四

爆竹声中一岁除
今年连爆竹也给除了。我该如何
如何给刚懂事的孩子们解释这句诗

五

村里总有几户人家,急着贴对联
其实他们不怎么识字,只是想让红红的对联
挡住那些要账人匆匆的脚步

六

衣服是新衣服
钱是新钱,车是新车
老牛家儿媳妇也是新过门的
只有老牛两口的脸,看着更旧了

七

七奶说过年不能动针线,不能拿剪子
不能骂人,更不能说不吉利的话
刚一进屋,就听见她大喊——
哪个秃娃子把我的针线盒踢翻了

八

地头,河边,或街上
能看见成双成对的年轻男女
俩人一起嗑瓜子,一起笑,一起脸红
"妮儿,咋样,中了十五前把事定住?"

看到二婶子的信息,女孩脸更红了

九

三六九,往外走
扎堆回来,又扎堆离开
车站送别返回的爷孙俩,边走边算
再有十来个月就又团聚了

十

只有这样喜庆热闹的节日
才配得上人们一年的辛苦奔波

石佛记

修炼途中，意外地被弃角落
却始终咧嘴笑对芸芸众生
立地成佛，都要经过千锤百炼
陈年旧事，大多带着疼痛的刀痕
再次相遇在阴暗的老屋
你肥袍宽带地坐在地上，手持佛珠
我意外地庆幸，这尘缘未了
今后，在这喧闹的人世
我日日焚香，敬你
也敬自己，和过往

注：二十多年前，曾学过玉雕，粗糙地做过一尊大肚佛，后来去上学就遗失了，最近在老家抽屉里发现了这尊石佛。

苦情诗

一

夜色正浓，酒意也正浓
酒比夜多了些回忆和五味杂陈

二

20多年前，大家一样
一样的青涩，一样长着青春痘

三

发黄的笔记里夹着梦想，也夹张照片
谁还没在青春里放飞过自我

四

挥手告别，告别过去
转过身，又回到鸡飞狗跳的日子

五

都想把生活过成一首诗。没错
哪怕是首苦情诗，也有一个扬起的结尾

爱情故事

起风了,我能想象得到
那条被风吹得发白的土路
路边摇摆不定的枯草
田里柔弱的麦苗和孤零零的坟头
这是故乡冬天最寻常的景象

那年冬天的晚上,风很大
18 岁的她不顾家人反对和打骂
沿着土路跑到了他家
每次看见她深陷在皱纹里的疤
我就会想到一个奋不顾身的瘦小背影

冬晨小感

想继续入睡，像孩子一样，叫不醒
想蒙住头，隐藏在晨曦里
如潮水，退回大海深处

想爬上楼顶，看晨雾，看第一缕炊烟
看在水一方，看伊人离去
想跳到冰凉的河里，洗去陈年旧事
冲走过往是非
想坐在窗前，读几页书，写几个字
让屋里有书香味儿。烧火做饭时
顺手把字烧了，庆幸没人看见
一同烧掉的，还有许多秘密

想在院子里种菜，种一丛细竹子
就是小时候扎破我手指的那种
然后，把地垄锄得歪歪扭扭
但菜要长的，像爷爷种的那样
绿油油，水灵灵
想再做一个梦，梦见过去和未来
不比较，不后悔，接受所有不完美
想把余生写成一首诗
无须押韵对仗，自己满意就行
让每一天，每一句，都沾满烟火味儿

熟悉

河在这里向东南拐去
路在这里开始下坡
集市到这里变得稀稀落落
疯女人走到这里要骂几声男人
回头时,大黄狗总跟在身后
多少年了,对这里太熟悉
极力想象从前的样子
无论怎样变迁,在我的世界
这里万物各得其所
即使新挖的运河到这里
也不会翻起一点浪花
每次踏上这片土地的那一刻
真想与全世界握手言和

立冬

那些树木,要被风霜打磨多久
才能让自己消瘦下来
收起繁茂的光阴。简简单单挺好
不用遮风挡雨,不用隐藏秘密
更不用在风中低吟哀号

万物尽藏于这个季节
尘世只剩下沉默和自愈
大地沉默,河流沉默,山野沉默
屋顶的脊兽沉默,窗前的风铃沉默
心事重重的人,从心里掏出了
河水一样悠长的悲欢离合后
不治自愈

发如雪

走路不喜欢抬头
也不喜欢别人看我。偏偏是那风
薄如刀片,从背后扑上来
在后脑勺上比画着
那一块儿,无法掩盖的空白
像堆残留的雪。要是雪就好了
可以点缀,可以滋养,可以融化

一觉醒来,收到两剂良方
东照的话,可洗练我单薄的文字
木可的药,可催生我早逝的华发
摸着脑袋,唱《发如雪》。突然
窗外的风,拍打着玻璃
跟着吼起来

离别感怀

这是一年中雨最多的时节
回来时下雨，走的时候下雨
连绵的雨中，夏天一点点收敛
这是人生中感怀最多的年纪
团聚时有酒，别离时有酒
半醉半醒时吟诵：
　"欲买桂花同载酒
终不似，少年游"

临行时与长者对饮
仿佛看见多年后的自己
白发，沧桑，辛酸悲苦后的淡然
还有不停的咳。刹那间
人生一目了然

多年以后

一条看不到头的小路
一个破旧没落的村庄
一户只种菜不种花的篱笆院

多年以后，和五爷、小叔他们一样
我也回来了。独自坐在院里
听不见晚辈给我打招呼，听不见鸡飞狗叫
即使有人拍一下我的肩，我一定以为
那是落下的玉兰叶子

雨夜小酌

傍晚，黑云压城。继而
憋了一个夏天的雨，倾盆而泻
备酒，约友，发出信息：
"唯小酌方不负此雨"

电闪雷鸣中赴约的，都很铁
雨越下越大，酒越喝越有味道
最后赶来的人，瞬间被满屋热情
烘干了湿透的衣服

谁没有淋过几场暴风雨
谁没有痛痛快快地醉过
唯淋过醉过，方不负此生

观荷

每一顶荷叶上都有一颗水珠
每一颗水珠里都滚动着一个夕阳
你看得久了,水珠会羞涩地落入荷塘
看你久了,你会羞涩地眨一眨眼睛

永远不要和女人争论
无论输赢,她都会像夕阳落山一样
不可阻挡地,让你黯然失色

归来

傍晚,归来
村庄被涂上一层暮色
溪水也暗淡下来
野鸭子躲进水草,像躲入母亲怀抱
暂别阳光,所有庄稼都停止拔节
静候星光出没

沿着小河,朝炊烟走去
看此岸和彼岸,辨熟人与路人
院里灯光亮起时
木桌上已摆好碗筷
黄瓜,青椒,红薯叶,长豆角
还有花生米和酒。坐定,举杯
酒很淡,菜也很淡,夜却浓烈起来
一切都随风晃动。唯有
大黑狗在桌下酣睡,鼻息均匀

一只空酒瓶被风吹倒在地后
整个院子沉默下来
唯有大黑狗,幡然醒来

老屋

一场狂风暴雨算不了什么
老屋依然安详。雨后,愈沧桑
残留的水沿着茅草落下,滴答如时间
记事起,老屋独伫桥头,老人独守
守着桥下的流水和光阴
屋顶的茅草由黄变黑,由黑变朽
草木轮回,唯老屋与老人呆滞不动
陈旧和阴暗布满全身。已记不起
风调雨顺,和那些播种或收获的日子
一场风雨算不了什么
他们一生历经风雨。暮色来临
再没什么可以惊动到夜
除了头顶满天闪烁的星光

弹吉他者

每天在健康路上,来来往往
家门口的夜市和喧嚣从来与他无关
拿起吉他,就是一个艺术家
从巴赫到克莱普顿
从《泪洒天堂》到《1006 前奏曲》
也从 15 岁到 50 岁
他的世界越来越小
小到可以用几根弦撑起

大多数时候,只待在家里
以自己的方式对峙外面的人间
窗外的落叶,楼院的灯火
孩子的嬉戏,女人的咆哮
统统被音乐淹没
偶尔抬头,看一眼灶上放凉的白粥
然后继续,拨动弦
拨动一个被经幡洗礼过的灵魂

第二辑
大地歌

故乡逆流而上

在很多地方

都能看到南水北调的渠

这曲折而来的碧水来自故乡

每一朵涌动的浪花

都带着故乡的影子和气息

每次站在不同地方的渠边上

目光便逆流而上

沿着她来时的曲折与汹涌

回到故乡的村庄

回到故乡的岸上

20年前

我和这水一样背井离乡

水不会回头，我不敢回头

害怕面对虚度的光阴和羞愧的过往

离开以后

孤独和寂寞比天地还要辽阔

背井离乡的人，除了酒

只剩旅途漫长

它比老家的篱笆墙长

比村里的小河长

比老父亲的目光长

比寂静的黑夜长

20年后

南水北调了

高铁开通了

我也中年了

某个酒醉醒来的晚上，突然觉得

走得越远，走得越久

对故乡的牵挂，绳索一样

勒得越紧。也越发地想

随着故乡的水

逆流而上

回到熟悉的村庄

直面羞愧的过往

夜行歌

第一次赶夜路是 30 年前
晚自习放学后步行回家
三里地，经过俩村子，和一片坟地
还好，头顶有月亮跟着我走
当我竖着汗毛，满脸大汗地跑回家时
月亮也停下脚步，静静地挂在院里树梢

最近一次赶夜路是去年
开车从冀豫边界到黄河南岸
先走京港澳高速，再转 107 国道
无论怎么拐弯换道，那枚发黄的月亮
始终像窗花一样，贴在车窗玻璃上
一路陪我两百多公里，过了黄河大桥后
却发现，月亮留在了北岸

落日赋

复苏的城市忙碌了一天
随着晚高峰拥挤的车流、人流
和归林的鸟雀,落日一点点沉下身子
几片浮云悄悄遮住它的半个脸
像极了满大街戴口罩的人们

看落日下坠就是看时间流逝
催不得,也拦不住
落日滚下屋顶时
城市的夜幕和灯光升起
不惑之人放下一天的困惑和焦灼
像追赶落日,或逃离病毒一样奔跑
跑得比别人卖力。因为,到这个年纪
总觉得背后有什么在追赶

泥水谣

和水有缘，也心怀敬意
出生那年发大水，水淹过床腿
父亲蹚着水把我抱出来
上学后，天天围着堰潭转悠
所有的难题和不快
都被我奋力撇出的瓦片，带入潭水深处
再后来，看到书上说女人是水做的
便悄悄留意那些，温柔恬静的水
又总是担心，我这泥做的骨，会被冲垮
中年后，渐渐发现，把辛酸和无奈
沉淀在水里，便成了水酒，可一醉解千愁

而今年的水，变得浑浊、勇猛、蛮横
一波未平，一波又起。为了不随波逐流
有人逆行，有人死守，树一样，紧抓大地
为了重建家园，有必要去重新认识
这个世界和我们的关系

在南方的洪水里，城镇，村庄
和废弃的铁船一样，在锈蚀
那些坚守的背影，和手脚
如被泥水泡过的圩堤般，满目疮痍

谷子谣

在我的记忆中
谷子有三种形态

一种是站在地里
被日头晒得垂头丧气
燥热的风中不时俯下身子
只有地中间的草人直直地立着
 一种是躺在打谷场里
金灿灿的铺了一地
与阳光对峙，与馋嘴的麻雀对峙
到傍晚，氤氲的水分随风飘远
让空气里多了丰收的味道
 一种是趴在酿酒的铁锅里
从蒸到晾，从发酵到制成酒曲
经历了炼狱般的层层升华
最后成为人们手中一碗庆余年的美酒

记忆里的光阴，如这谷子般
有辛酸，有焦苦
也有质朴浓郁的香甜

杏花谣

老家院里有四棵树
广玉兰，枇杷，橘子，杏树
多少年了，终于赶上一回杏花开

广玉兰看上去木讷
粗枝大叶的，像憨厚的大哥
枇杷树总是灰头土脸
没有丁点儿新意，像邋遢的小弟
橘子树弱不禁风
却总能结出果来，像能干的大婶子
唯有杏树开花
惊艳了整个村庄，像极了漂亮的二嫂

满眼杏花，便只说杏花
最早知道杏花，是因为老北山叫杏花山
后来在书本里读到
"沾衣欲湿杏花雨，吹面不寒杨柳风"
如今又看到自家院里的杏花……

和杏花缘分不浅。突然间感觉念错了字
杏花的"杏"字，在老家方言里
是读 heng 的

捐书小记
——写在母校白草庄小学图书室揭牌之际

一

当初有多么想逃离

现在就有多么想回来

二

教室变了样，操场变了样

老师也变了样

只有那些清澈的眼神和琅琅书声

一点都没有变

三

站在教室推窗远望

外面依旧是辽阔的农田和秋色

只是，机器取代了人力

四

校园一角，遇见白发苍苍的老师

小时候一样，先是紧张害怕

然后才上去问候

五

想回来做个美术老师

没有工资也不要紧

只是想教会每个孩子

粗浅地勾画出他们的未来

六

这里最不缺的是希望和梦想

这里最缺的是书和阶梯

还好，那些义工带着书和工具来了

七

这里的夜晚很静

这里的星星很多

和崭新的图书室一样

这里的明天也是崭新的

八

临走前

想和晨读的孩子一起背古诗

一起摇头晃脑，一起被老师罚站

铃声一响,一起冲出教室
一起拥抱阳光

九

希望有一个孩子
能翻开那本粗粝的诗集

扁担

——致乡村教师张玉滚

一

距城里不太远,也就 70 公里
可大山却铁桶般,将黑虎庙
围困其中

二

破桌子,破水泥台子
还有十几个土孩子
鼻子一酸,便决定扎根这里

三

从老校长手里接过扁担
也接过土孩子们的未来
从此,放下城里月光
挑起山里希望

四

为学生,把自己练成各科老师
语文,数学,英语,品德……

样样精通。因为他深知

"给学生一瓢水，我得有一桶水"

五

交通不便，条件艰苦
那又如何。我要和孩子们一起
阅读四季，阅读绿遍山原，层林尽染
我们一起撒欢打滚，一起忘记烦恼

六

终于想起妻子，不是因为思念
是想让她来为学生做饭。只是几年后
她做饭炒菜换成左手，遇见生人时
悄悄把右手藏在身后

七

最惬意的事，是坐在尖顶山上
看山茶野花，听山泉溪声
捡起一颗红红的野山枣放嘴里
开始有多酸，往后就有多甜

八

18年来
走过的山路很长
经历的山村夜晚很长
放飞的梦想也很长
但脚下的路，更长
扁担，我会一直扛在肩上

故土

这里的土地很饥渴
小河里的水都被她喝光
一年中有三个季节,河床只好干涸着

这里的石桥很沉重
承载着全村人进出的脚步和车轮
也承载着所有游子的思念与眷恋

这里的野草很茂盛
风一吹,满山遍野绿油油的
放牛的麻子爷,怎么割也割不完

这里的亲情和熟悉越来越少
村口遇见几个似曾见过的年轻人
却互相不知如何称呼

这里的坟头越来越多
每年回来,总要新增几个

回南阳

把子嗣送到四面八方
把一湾碧水送到千里之外
把家里好吃好喝的送给远方来的客人
这个地方,就像一个聚宝盆
总有送不完的宝贝。而她收到的
只是满眼离情和一纸乡愁

曾几何时,隔着他乡夜色,又见故乡月明
皓月当空,伏牛沉醉,丹江波瀚
梦回故地,满目楚韵,多少汉风
月光如乡音一样浓烈
渗进了血脉、山水,和每一句对白中

"此地多英豪,邈然不可攀"
就在今日,悉数召回,召回远走他乡的人们——
回来吧,西湖泛舟的陶朱公
光复汉室的白水真人,还有独撑蜀汉的诸葛丞相
穿过今夜的星光,灯火明灭间,英雄再现
从未如此强大,犹如打开任督二脉
汇聚古往今来之气势,挥毫写就一首赞美诗
献给这片厚土,让每一个字,掷地有声

"空歌望云月,曲尽长松声"
侧卧白河之畔,细听暗流涌动,潮起潮落

拨弄琴弦，就会有一个旋涡，如你眼眸

让星星跌落。一阵风起，两只白鹭掠水而去

留下一片涟漪与南都往事

采一枝月季，举一杯玉液，思念愈加醇厚

从此，不再吝惜脚步和时光

把余生年华，倒入酒杯，深埋根下

回来吧，摒弃那些陈词滥调的借口

看淡那些虚无的浮华与羁绊

重拾一出生就会说的土调土腔

守着祖辈相传的红砖青瓦

不要等到脚步蹒跚时，才想要再上一次卧龙岗

不要等到耳聋眼花时，才想要再听一遍曲子戏

夜醉开封

从鼓楼到西司，从白酒到啤酒
从汴京到开封，夜色，酒一样醇厚
今夜，紫气东来，天象异常
我再入东京梦华，又见汴河风光
挥别南唐余韵，且读晓风残月

今夜，我功力大增，重出江湖
相国寺前摆上酒菜，虚位以待
要与大理王子对弈，与丐帮帮主豪饮
与虚竹和尚切磋内功
——找回那些逝去的光阴和梦

今夜，月上柳梢，人约黄昏
州桥之上，举杯邀月，月亮含羞隐去
再邀，我已心潮澎湃，脸色微红
又邀，惊起丛中一滩鸥鹭
让月色下又多了些离情和朦胧

今夜，不说岁币，不谈结盟
归还民间的奇花异石，和街头巷尾的爱情
用瘦金写下一纸号令。英雄在此
定要收回我燕云十六州
今夜，困顿中得以喘息，孱弱的身心雄起
天亮以前，为曾经的帝国再做最后一搏

夜色深沉，人去楼空

趁酒醒，褪去征衣和梦华

重拾卑微与平庸

把豪情还给诗酒，把遗憾埋于脚下黄沙

把这个寂寥的冬天

还给大梁门上的一枚落叶

郑州记（一）

二十年前的秋天，瘦弱的我
提着硕大的黑皮包，站在城北路上
郑州，用一碗巴记烩面
让我心里暖和且踏实
饭馆后面的土城墙，看上去
和老家的土坡一样。只是这墙下
有许多美发店和脱落了皮的法桐树

一辆破旧的山地自行车
带我初识郑州，作为回报
我接二连三地在这个城市丢了
不止十辆自行车。我骑车的速度
永远赶不上，城市发展的速度
却远超修路挖沟的速度
老家的人也挖沟，为了灌溉或铺路
而这里挖沟，很多时候只是添堵

郑州，越来越大，越来越新
我却越来越老。满大街鲜艳的单车
载着一代又一代的郑漂们
去玉米楼，去二七塔，去碧沙岗
去喝方中山胡辣汤，去吃三厂烩面
郑州，还好有那些老旧的土城墙
依然保留这个城市的底色

它们像庄严古朴的庙宇

祈福着崭新的北龙湖，象湖

也超度着那些死去的陈寨，燕庄

郑州记（二）

在郑州学会做饭，喝酒，讨生活
从租房到买经济适用房，再到商品房
房子大了，房价涨了，还贷压力也大了
从吃地摊到进饭店，再到回家吃饭
岁数大了，肚子大了，孩子也大了
头发和朋友却越来越少

生活在郑州，却没把这里当成家
一直觉得我是过客，或寄宿者
我会在如意湖边或人民公园跑步
细数着似曾相识的人和物
路灯亮起时，会给老家父母打电话
也会约着同乡打球或喝酒
用家乡话骂娘或猜枚，十分过瘾

在郑州，哭过，笑过，也爱过
但没恨过。一碗老式烩面
能快速抚平所有的不快和悲伤

跑得多了，脚板疼，膝盖疼
上楼梯疼，躺床上也疼
心也一样。喝多了会疼
清醒地面对现实时，也会疼

郑州记（三）

烩面

外出回来，先去怼碗烩面，才算到家

郑汴路

每次经过郑汴路

都要看一眼那个大院，然后深陷怀念

怀念擒敌拳，怀念去四川、去藏南

人生在这里转折，并贴上一生的标签

在贾峪

在贾峪，不训练时

除了喷空斗地主，还要轮着擦枪

总有几个人一言不发，很认真地擦

布越黑，枪越亮。年龄最大的那个家伙

不但把枪擦得很亮

也把自己的未来，擦出了光芒

听演唱会

第一次参加演唱会，是在郑州的体育中心

没有凳子，没有荧光棒，没有爱如潮水

只有被大雨淋透的作训服

和过了火的心

南裹头

不加班的周末

约朋友去黄河岸边的南裹头

弃车登船，点一份红烧鲤鱼，摆好酒

先吟一句：黄河之水天上来

然后开坛。随水波晃动，眩晕

权当是在母亲怀抱里

尽情放纵一回

烩羊肉

女儿很小时，带她去郊外摘草莓

在地头，她结识一只小羊

给它喂青草，喂草莓，喂水

临走时，依依不舍

突然很后悔——她可能忘了

前一天晚上，我吃了一碗登封烩羊肉

郑东新区

老家人来郑州，都喜欢去东区

看如意湖，看玉米楼，看会展中心

我喜欢傍晚去，等天黑，等大玉米亮起来

然后沿着湖，一圈一圈地走

感受日落月出，昼夜交替

依赖

时间真快，就像拉不住的落日

人生还有几个二十年？不必长叹

再多遗憾，再多辛酸，都没用

我只会越来越依赖

这个城市，和这抹藏蓝

我的城市

从经一路到经八路
像一首八行的短诗
经三路是最长的那句
经六路是最短的那句
花园路,把这首诗分成两段

每天奔波在长短无序的诗行里
日出在第一段,日落在第二段
直到有一天,偶遇在两段之间的空白处
当我以为会发生故事时
那个身影却消失在街角的夜市里
只留下地摊上,摇曳的灯光

笛音

被一阵笛音吵醒后,竟深陷其中
拂去睡意,梦里的,现实的
还有过去的,将来的
交替在笛音中回味
或高亢如激流,或低沉如死水
或平静如雨露
最后一一收在掌心里,攥出汗意

显然是被笛音打动
一言未发,却未曾想过放弃
趁着余音未了,去完成未竟之事
趁着余音未了,苍茫上路
哪怕,曲终人散后会陷入
更深的寂静和落寞

樱桃花开

终于有大片的花盛开了
迅速引爆沉寂已久的十里山野
让云朵和杏花山都成了陪衬

总是这样
一嗅到春的气息,便开始想念
想念熬过苦寒的麦苗
想念路面像天一样灰白的312国道
想念堰潭边的石头和荒凉
想念樱桃沟里的蜜蜂和喧嚣
想念要在村口停车上下人的票车

人像风筝一样越飘越远
想念,像绳子一样越拉越紧

桃子

晒蔫的枝叶在等待一场雨
发白的桃子在等待充足的阳光
露出红红的脸蛋时
证明它们占领了阳光,便可傲然枝头

种桃的小伙在等待来摘桃的人
树下的山羊在等待一只落地的桃子
一群叽叽喳喳的女人进园后
小伙脸红了,经他手摘下的桃子
似乎也更红了

大姐在等待一辆路过的班车
小外甥在等待把桃核串成手串儿

夕阳也一直在等待
等我见到那些醉红的桃子时
它才带着醉红的脸,落在山的那边

秋野

田野安静下来
寂寞的秋风,一次次
将路边干枯的野草拦腰吹倒
几只瘦小的麻雀
一会儿落在芭茅丛深处
贴近大地的胸口
一会儿旋停在电线杆上
俯瞰大地的苍茫

怎么看都是一片贫瘠的土地
这些植被生灵却从来不弃
借着脚下绵薄之力,生根、发芽
即便被野火焚烧,也足够坦然
天色深沉,根扎得也深沉

越是眷恋故土,越是不敢轻易靠近
哪怕一根枯草,一片落叶,一缕炊烟
也能击中心里,最柔软的部分

炊烟颂

横着一排新房,竖着一排烟囱
太阳落山时,阵阵炊烟升起
中间那根烟囱的炊烟最浓
让我有三种猜想

他家来了贵客,正在做丰盛的菜肴
或许是柴禾潮湿,烟比较大
也可能是烧火人没控制好火候

直到看见他家门上的乔迁之喜
我才觉得,这浓浓的炊烟
代表着一种庄严的仪式

青霞山庄记

一

杏花已谢,桃花已落
满山果树已挂果

那条山路,坎坷依旧
那个故事,美丽依旧

二

山顶依然裸露着
山下却是愈加苍翠
再一次相逢四月
多了些树,多了些花,多了些草
也多了一群可爱的小黄鹅

三

遥想当年
海南河南,隔山隔海隔河
也隔着世俗与偏见

只为送君一别
不料想,却跨过山跨过海跨过河

修成正果。弹指间
群山变了样，醉了风和月

四

再看今日
青藤缠绕，青霞婀娜
杏花山上
经营着爱情，张罗着生活
多少甜蜜，唱进山歌
一碗薄酒，生死以沫

五

人生如戏，几多波折
咬定青山，终有收获

就几碟往事，于风中小酌
一个回眸，温柔了青山绿水
也温柔了时光岁月

玉歌

冬天已深。橱窗里的荷花,就是不肯凋谢

满大街的栩栩如生

都是经过火星四射的切割,和雕琢镂空的疼痛

在这里,一块原石被四分五裂

可以是山水花鸟,也可以是手镯吊坠

在这里,每一个雕刻者都是造物主

可以塑造神灵,也可以打磨凡人

在这里,世界充满了想象

北顶和赵湾,是大自然雕出的山河

为人间撑起了一道传承四千年的景色

导航

手机导航越来越先进
话也越来越多
不停提示：过了白河，鸭河，灌河
提示着路上的各种限速和超速

天黑后，进入宝天曼腹地
路越来越窄，它的话也越来越少
甚至20分钟没提示一句

车子刚停好，它却突然说：
请在前面路口掉头

西北行

一路朝着西北走
天空越来越高
大地越来越辽阔
少年的背影越来越单薄

过了乌鲁木齐
再向西 300 里,就到了石河子
筑梦天山,心中不仅需要热情与勇气
更需要容得下,这无边的辽阔与苍凉

严陵河

水里藏着许多秘密和答案

水里也有白云，落日，星星，月亮

严陵河像个温和的老人，一向有求必应

那天的严陵河有点反常

不仅拒绝了所有的钓鱼人

还拒绝了一个悲痛欲绝的女人

坐禅谷

这里的水很多
岩壁上，大树下，草丛间
到处都有飞瀑激流

这里的负氧离子含量很高
随便吸一口
都是城里的 3000 倍

这里的火棘很多
不仅是上好的药材
还是救军粮，火把果

这里的人们很慷慨
能拿出来的，都奉献给更多的人
包括那片世代守望的，祖坟和田地

丹江歌

像辽阔的海
却比海温顺，安静，甘甜
喜欢丹江胜过海
犹如喜欢孤独胜过喧嚣

看到过规划整齐的移民村
很突兀地摆在他乡的村镇间
如同在一张老油画上，添一抹新彩
对于不再年轻的丹江移民来说
眷恋故土胜过憧憬未来

从石桥码头到对岸的香严寺
穿过江，穿过山林、竹林、碑林
在千年白果树下，我敬畏天地
胜过敬畏那些神龛佛像

在宝天曼

爬到半山腰碰上两头野猪
好奇地追了十几米
再往前走,又碰见一条长蛇
吓得一口气跑回山下

腿软的可能是刚下山的游客
也可能是宿醉未醒的人
一块山石跌落在山泉出口处
形成一道引人入胜的瀑布
另一块山石跌落在山道上
成了给人添堵的杂物

在宝天曼
雨后松动的山石要当心
夜晚喝多的人也要当心
稍不留意,都可能跌落下去

在木扎岭

先是蓝天,接着是白云
最后连对面的数座青山,竟一一不见
不到半盏茶工夫
木扎岭用漫山云雾,遮住天地
遮住我眼里的风景与憧憬

在山下小院静坐
从早坐到晚,从晴坐到雨
雨雾和暮色终将我隐藏
以至于,叫我吃晚饭的民宿店老板
在身边经过三趟,都没看到我

在天河大峡谷

很久没见到这么清澈的水
从山顶飞流直下后
在峡谷的巨石间跳跃,沉吟

很久没遇上这么清凉的风
不知从哪个山谷吹来
把雨后层层烟云
堆放在我们要去的路上

很久没走过这么远的路
母亲在我们的搀扶下
穿过两个山洞,翻越一座小山头
丝毫没有停下休息的意思

在仙人渡喝水时
母亲有些愧疚,说一路拖累我们
其实她不知道,一路上
她再次给了我们,人生中最珍贵的
牵着妈妈手的幸福和温暖

孤独的河

从河底摸上来三次,被女儿扔回去三次
一块相貌平平的石头,终究躺回河底
与鱼为伴,与水草为伴,与入水的夕阳为伴
那里没有喧嚣,没有尘烟,没有姹紫嫣红
只有昼夜不停的忏悔与苍凉

夜幕降临,游人散去
那块石头的孤独,骤然加重
很快,它把一条欢快的溪流
变成了一条孤独的河

大鸿寨

伏牛山属于秦岭余脉
嵩山属于伏牛山余脉
大鸿寨属于嵩山余脉

在大鸿寨拜佛台
烧饼被做清洁的大姐,反复咀嚼后
有了啃牛肉干的感觉
而一包酱牛肉,被一对恋人吃出
烧饼的感觉。吃着,吐着,埋怨着
七八岁的小姑娘靠着毛栗树赌气
噘着嘴,小脸红得像大鸿寨十月的红叶
妈妈气喘吁吁跑过来,把方便面塞在她手里

在玻璃栈道上往下望
千年银杏只是龙泉寺的一部分
寺和香火只是群山的一部分
巍巍群山只是我眼中的一部分
而我和山中人,只是众生的一部分

山中辞

天热，有疫情，不便去远方
附近山中小住，也挺好
有山，有水，有星空，有月光

白天，爬山，蹚水
累了，坐山头观云，听风
还遇见一棵野生无花果，无花，也无果
傍晚，在山脚被一场暴雨洗礼
干脆在雨中，看山花野草疯狂摇摆
看巨石峭壁老泪纵横
这让我想起已故的爷爷

晚上，在放晴的星空下独酌，苦苦等月
微醺时，读李白的《月下独酌》
兴奋了，站起来摇头晃脑，比画手
然后把什么都忘掉
月亮半夜才出来
惊了山鸟，也惊醒了我

山中的夜很长，很凉
不要紧，我泡了一壶茶
还带了一本诗集
字里行间跳动着，经久不息的火光

山中午后

一溪清泉，一座小院，满眼青山
一壶毛尖，一间楼台，父子相对

母亲和姐姐在水边拍照
女儿在核桃树下唱《少年》
小外甥拿着水枪对着天空
呲着牙一推，下起一阵微雨
再用力一吸，又收走几片浮云

越是想说，便越沉默，只是坐着
我知道，他惦着我的工作和睡眠
他也知道，我操心他的血压和吃药
只是，不停续水，不停沉默

一道闪电，一声雷鸣，十里烟雨
一壶毛尖，一间楼台，人满为患

山中夜饮歌

一进山,就换了人间

群山替代高楼

木屋里的灯替代城市霓虹

峡谷里的水声替代街头喧嚣

围坐的楼台,悬在半山腰上

一头死死抓住岩壁,一头极力探入云中

熟悉的人,熟悉的酒

空气里却是全新的味道

谈笑间,溪流声成为背景乐

急雨中,壶里的酒在下降,山谷的水在猛涨

杯子里的毛尖,在悄然失色,老去

那盘叫不上名的山野菜

怎么看,都像是一个个松开手的拳头

山中的夜深了,寂静而清凉

座中的人老了,唏嘘而苍凉

山月露脸时,几只残破的酒盅

依然被紧紧地攥着,又被狠狠地碰着

山里艄公

大山深处有一片湖
湖边有木船，木屋，老夫老妻

太阳出来后，老头把船舱擦干净
载着游客在湖里游玩，给他们唱山歌
要下雨了，老头赶紧送客上岸
然后，坐木屋前看老伴，一言不发

木屋虽破
但老人的眼神里是满足与安慰
反倒是那条崭新的木船
孤零零地漂在湖里
承受着满山的寂静和风雨

山之子

太需要希望和温暖了
就把孩子取名叫光亮

一路走来,一直用微笑
面对这辽阔的人世,这风里的冷暖

从大别山到具茨山
已磨砺成一道耀眼的光芒

山雨歌（一）

一

进入"七下八上"季
一堆一堆的云压在头顶
一场一场的雨不依不饶
一条一条的河开始咆哮

在两道闪电的间隙
我和屋檐下的小鸟一样探出头
望了望，这无比沉重的天

二

整整一个下午
那几座山峰都被云雾遮挡
进山的路也被云雾遮挡

多少年了，被风吹，被云绕，被雨浇
大山终于不再沉默
抖落一块巨石，拦住一条滚滚山洪

三

在山腰，几辆旅游大巴

被大雨和巨石逼停

在山中，民宿店老板娘一言不发

捞出的鱼又扔回池子

掌灯时候

民宿店老板骑上摩托车冲进雨里

把几辆车引到山下安全地带后

有闪电从山顶劈下来

而一道弱一点的闪电，正慢慢往山上爬

四

返程时，又遇见来时的雨

一样的迅疾迅猛

一样的云山雾罩

一样的如歌似泣

这朴实的大地，这多情的山雨

每天迎来送往，风里雨里

每次不问归期，却湿了衣衫，涨了秋池

像极了母亲

山雨歌（二）

二广高速像把弯刀

一刀插入伏牛山深处

贴着发白的刀刃

车子一头扎进群山

群山报我以汹涌的苍翠

过了分水岭隧道

一场山雨为我接风洗尘

不知这场雨在山间酝酿多久

才轻轻落下

如同眼里的泪水

不知要经历多少离别和游荡

才会在此刻，缓缓流出

旅途

正在亚丁旅行的朋友给我发来
雪山,牛奶海,和海拔四千三百米的纪念
正在库尔勒考察的同学给我发来
戈壁,石头,和一首带着风沙的诗

实在不知道回什么
便打开狭小的窗,对着窗外抽支烟
然后,写下这些干巴的句子

赞美

从菩提寺的晨钟暮鼓
到五朵山的大潭，二潭，三潭
石佛寺的玉雕湾，杨营的万亩荷花
赵湾的夕阳，太公湖的波光
还有那些土里土气的庄稼
生于斯，长于斯
我一直赞美，一直向往

故乡，始终报我以
一条温暖慰藉的归途
和一场酣畅淋漓的大醉

312 国道

312 国道绕着县城改道多次
无论怎么改,都像一条长带子
紧紧系住这玉雕之乡,系住这游子归途

全程 5000 公里的 312 国道
我只走过位于中段的这 50 公里
黄浦江的水,霍尔果斯的风,与我无关

每次踏上这熟悉的 50 公里
便能感受到 5000 公里的淳朴和踏实

爬山歌

在不休息的休息日去爬山
在没有路的线路上往上走

走野线最大的好处是手脚并用
可以彻底摆脱手机
踩着石头，踩着树根，踩着枯叶
能下脚的地方都去踩
扒着石棱，扒着树枝，扒着藤条
能抓住的地方都要扒
满脸痛苦比山体褶皱还要扭曲挣扎
一路走来，觉得自己是徐霞客、李时珍
到了黑龙潭洗把脸，才觉得是自己

头上粘的蜘蛛网和山叶舍不得取下
把它们当成这趟山行的纪念章

乡村歌

说乡下人或农村人的
眼里多少有点不屑
说"往上数三代,你也是农村人"的
心里多少有点不平
说贫困村里鸟鸣、阳光、清风很富足的
一定是扶贫干部,或乡村诗人

其实,乡村从不在乎别人的眼神
只是安静地活在四季的炊烟和风雨里
活在日复一日的鸡鸣狗叫声里
作为乡村的孩子,我一直迷恋那片土地
迷恋她的小路逶迤,草木淳朴
迷恋她日出时的蓬勃,和落日下的苍茫
迷恋东家长西家短的唠叨与不可理喻
迷恋庄稼苗的娇生惯养与蒲公英的自生自灭
迷恋金钱、权力、时间都无法改变的
乡土气息

麦地星光

驱车 300 公里
回到那片熟悉的麦地时
天边已有星光闪烁
满地麦穗有气无力地随风晃动
像父亲一样，地头来回踱步
像母亲一样，和麦子唠叨着

30 多年了
镰刀，架子车，和撂倒一地的麦捆
一直是记忆里最火热的场景
机器早已替代人力，也不再关心收成
却总惦着这场关乎温饱的农事
思念和回忆，如麦子一样
滋养着我的生命

迎面而来的麦客和我彼此陌生
灯光下，他把联合收割机开进地里
星光下，我找寻着年少时用过的短把镰
蓦然抬头，天上挂着的月牙儿
像极了那把一直悬在记忆里的镰

老桃树

老桃树弯曲得厉害，像个驼背老人
到了收获季节，枝丫接近大地
这累累的负担把树压得喘不过气
送走满嘴甜蜜的人们
它才稍稍直起腰，看看满地断枝落叶
继续拼尽全力，托起满院的天空
结出一树沉重的果

没有风的梦里，我又回到老院
老迈的桃树病人般斜靠墙头，一动不动
枝丫间早没了生机和果实
黑黑的树疤里落满岁月风尘
那些黑白的过往和摇摆的日子
随同偷啄桃子的鸟雀
远走高飞

暮色来临
我在树下打坐，呆滞
一切都回不去了，即便在梦中
即便桃满枝头，我依然
不曾吃过一个桃子

老人

每天只能等这一刻
阳光正好挤过窗子,照在轮椅上
照在一动不动的老人身上
阴天时,光线和他的目光一样微弱
关于人生和苦难,已无话可说
浑身都是岁月的印迹

已经想不起惊涛骇浪的日子
已经不需要寒暄和问候
几勺汤药,可以让满屋的空气镇静下来
像屋后老朽的树,已不会返绿
只是偶有飞鸟停留片刻。还未察觉
又"嗖"地一声,飞远了

爷爷

记事起,爷爷就天天守着那块菜地
直到他的坟头在地里隆起

贫瘠的土地被爷爷调教得四季泛绿
他和土地一样,质朴,实诚
付出多少,就收获多少
从不要求太多
累了,蹲在河边抽一袋碎烟叶
那里能看到奶奶做饭的炊烟

一个人在外奔波久了,总会流泪
有时是因为风里的沙子
有时是因为憋不住的委屈
有时是因为喝醉了
这一次,是因为遇见一个种菜老人
像极了爷爷

广玉兰

老家院里的广玉兰粗壮，硕大
就连落下一片叶子
也能惊到墙角熟睡的猫
高过屋顶的枝叶四季常青
脚下的土地却整日接着那些泛黄的光阴
不畏惧风，也不声张自己的摇摆
趁着鸟雀起落，顺势抖落几枚枯叶

多少年了，玉兰叶不停落着
父亲不停扫着。而我，总在梦里
被落叶和清扫的声响惊醒

在鸭河水库

出城40公里,鸭河汇入白河处
就是鸭河水库,挨着堂兄上班的鸭河电厂
库区很旧,大坝很旧,出水的石头很旧
向我游来的两条草鱼是新长成的
厂房很旧,烟囱很旧,工作服很旧
库区旁的酸菜鱼和麻辣鱼很新鲜

石块溅起的水花,沾满了秋日阳光
很多时候,世间的喧嚣与安静
需要一弯波澜不惊的水,来过渡
生活的辛酸与无奈
需要一壶无话不谈的酒,来调和

大黄河

打鱼的人,脸上沾着一层细沙
也沾满日出日落的颜色
他带走了水里的鱼
卷着风沙的水,加深着他的皱纹和沧桑

脚下的江湖,黄水滚滚
打鱼时,从不说话。眼里尽是风浪
唯独没有一粒沙子
吃鱼时,也不说话。卡在喉咙的
有时是根鱼刺,有时是句话
他越活越像那条船,沉重而呆滞
却洞悉每一个水天一色的日子

总是沉默,因为他历经了太多
大黄河里的惊涛骇浪

黄河夕照

最美的四月，遇上最美的黄河
两岸是四月的青翠
头顶是四月的天空和白云
衬得黄河更加辽阔苍茫
找一个角度，带走这一段风景
一起带走的还有落日，桥梁，麦田
和过河回家的人

沿着大堤，和河道一起蜿蜒前行
陪着我的是风，伴着水的是沙
直到落日滚入河中
才把浑浊的黄河，交给浑浊的夜色

夏日二首

其一

突如其来的暴雨

瞬间席卷天地

黑云滚滚，大地战栗

一道道闪电刺破天空与云层

精灵万物三缄其口

在这激情澎湃的季节

所有的诗意和想象，都孱弱无力

其二

一枝荷

穿过黑暗，穿过时间，穿过一池碧水

带着一尘不染的疼痛

立在盛夏一隅

接受了日月星辰和风雨雷电洗礼后

把高洁、热情、自由开在枝头

把沉默、挣扎、梦想长在脚下

白荷赋

"小小方塘满池翠，燕掠清波只影微"
在凤湖一隅，钓鱼人先我吟出诗句
我只好继续沉默，徐徐而行
不惊动湖里欢快的游鱼
不惊动荷叶间飞舞的蜻蜓
不惊动芦苇深处热恋的情侣
不惊动彪悍但会吟诗的钓鱼人

作为不速之客，任何多余的感慨和叹息
都会惊扰这夕阳下的美好与静谧
在目光游弋的角落，一枝孤独的白荷
正与我遥相呼应

晚秋辞

晚秋的夜晚格外冷清

面对萧瑟的大地，星光也格外沉寂

那些落寞的生命

谁不曾有过骄傲的心灵

可终究逃不过光阴和宿命

这个世界太过公平

谁都有愈合的伤疤

也有圆不了的梦

秋天，加重了生活的感伤

生活，又在秋天藏下希望

草堂悲歌

秋风,刮得更猛了
就是这股风卷走了屋顶的茅草
佝偻的身躯撑不起
一间遮风挡雨的居所
内心却从未放弃洞悉与呐喊
他像一根被命运追赶通缉的茅草
颠沛流离,无依无靠
唯有手中的拐杖和笔,让他步履坚定

命运啊,别再追了
为了天下寒士
我愿守在我的茅屋里
独挡怒号的秋风

都江堰

多少年了,岷江从不回头
江水一直分离
这些来自雪山的恩赐
在分水鱼嘴处,面临抉择
向左,或向右
都是波涛汹涌,都是奔向人间
像两行泪水,冰冷,或炽热
最后,都是跌入尘世

多少年了,四根卧铁一直埋在江底
衡量着水流和沉沙的深浅
多少年了,许多过往不断埋在心底
变成我的人生与回忆

青蛇传

一条青蛇在春天苏醒

却深陷回忆

从五百年前的青城山下

到前世的农夫怀里

再到今生相遇的小牧童身边

无论多么冷血

也忘不了那些温暖的遇见

一条青蛇孤独地游走于尘世

没有四肢,没有热情,没有敌意

带着锋利的毒牙,和骨子里的冷漠

尽可能地,躲避人间烟火

七寸不是唯一的命门

蜕皮也不是与过去决绝

即便再过五百年

也依然忘不了,那些遇见

冬天日记

一

北风是冬天的号手
窗外呼啸一夜，听得瑟瑟发抖
既然挡不住它的脚步
那就赶紧来一场大雪吧

二

寒风逼人，湖水逼人
裹着军大衣垂钓的人半天没动
天灰蒙蒙的，路被吹得发白
冬天，已渐入佳境

三

我去买菜，我去做饭
我去取快递，我去扶油瓶
你快多读几首，关于冬天的诗歌

四

想起小时候
二哥带我去雪地里偷萝卜

我望风,他下地

当我们认为神不知鬼不觉时

麻子爷顺着雪上的脚印追过来

五

傍晚,收到两条信息

一是天欲雪,备好红泥小炉,速来

二是顺便带一包花生米,一壶老父亲自酿的酒

六

夜深了,风停了

朝着灯火深处走去

留下一个中年背影,和一场爽约的雪

地上的落叶,掩盖了我来去的痕迹

真相祭

把沟里的槐花还给老槐树
把盆里的鲤鱼还给黄河

把土方还给大地
把挖掘机还给钢铁

把谣言还给别有用心者
把真相还给不明真相者

把那一份安静
还给庄严肃穆的公墓
把那四个孩子
还给他们的父母

写在2020年4月原阳县4名儿童被埋死亡引发舆情争论之时。

第三辑

逆行歌

硬核颂

风是柔软的
江水是柔软的
新型病毒也是柔软的

石头是坚硬的,可以挡住风
决心是坚硬的,可以封住江城
口罩也是坚硬的,可以阻挡病毒

在这个脆弱的季节
我们的确需要一些硬核站出来
比如,一个省长,一个村长
一个三四线城市的超市老板
一个刚还完贷款的种菜小伙
很多时候,只有硬起来,才不会倒下去

我一直觉得硬核的人
胸怀大爱,志如磐石,要不然
口气不会这么硬
硬核不是冷酷无情,包括坚硬的石头
那些慈悲为怀的佛像,不就是用它们做的么

在这个脆弱的季节
硬核可以阻挡一切风暴和困难
唯独挡不住,眼里的泪水

白衣歌

女儿从小害怕那些白衣身影
害怕打针，害怕吃药
多少年了，依然心有余悸

在这个寒冷的春天里
她改变了看法，甚至梦想着
要成为一名白衣天使
望着那些逆行的身影，我和她一样
眼里噙着泪花
望着攀升的数字和恐惧，那些身影
给我们最大的鼓舞和安慰

电视上那一张张褪去口罩
带着血痕的脸颊，必将像花儿一样
引爆这个特别的春天

又一场雪

又一场飞舞的雪
又一个寂寞的十四天
此时的雪与寂寞
一定不是冬的延续
而是春的序曲

雪中坚守的身影,和雪一样执着
无非是要阻隔,覆盖,冰封
他们和雪一样肩负使命
在北风指引下,奋不顾身的雪
前仆后继,扑向大地深处
在信念指引下,义无反顾的人
用血肉之躯,扼守通往春天之门

唯一不同的是色彩
雪从落下到融化
始终坚守洁白的底线
而他们,自从举起了拳头
无论在心中还是眼里
始终闪耀着红色的光芒

感动

这样的时期
连空气都是沉重的
而在这样沉重的气氛里
总是很轻易地被感动
被一张照片感动
被一个背影感动
被一句话感动
被一座空空的城感动

这一次,被一张纸感动
普普通通的白纸
因为上面密密麻麻的红手印
而沉重得力透纸背

社区女警的坚守

1096 户，3600 人，确诊 1 人，隔离 15 人
每一组数字，都是重如泰山的责任

挨家挨户宣传，替群众送口罩、买药、买菜
瘦弱的身影，一直是大院里最巍峨的存在

胸前的党徽，臂上的红袖章，还有头顶的警徽
如阳光般耀眼，如波涛般汹涌

"我若后退，群众的安全感从哪来"
说出这句话，温暖与力量便在大伙心中升腾

坚持，坚守，坚定信心和决心
守好一个院子，就是守好一方天地

女儿的呼唤，丈夫的担心，亲友的牵挂
都没有分心流泪，却让各家窗户里的人们泪目

祥云朵朵

——写给抗疫社区女警孟祥云

阴霾渐渐散去

春天明媚起来

天上有朵朵白云

在连绵，在写意，在游动

人间也有朵朵祥云

在社区楼院，在街口卡点

在人们身边

有千千万万个祥云在坚守

严寒和毒魔败下阵来

广场上热闹起来，花草也挺起了腰身

被口罩遮挡的脸上多了笑容与希望

如果白云是天空对大地的恩赐

那么鲜花就是大地对祥云的礼赞

在这大好的三月里

看到祥云的，和被祥云守护的

一起迎来了春暖花开

白色的背影,白色的发
——致一位坚守一线的乡村医生

一张桌子,一把椅子
一袭白衣,一头白发
那个六十多岁的身影一直守在村口
像极了村里那些大白杨
四季庇护着村民

初春的寒风来来往往
她站在风中拦下每个人
也挡住了病毒的每一次可乘之机
那些不同的温度在她的手中
汇成了同一种温暖
足以抗衡这些寒意,这场风暴

30多年来
一直守着这片土地,守着肩上的使命
她白色的背影,白色的发
多像一场春雪
深深滋润且悄悄融化后
必将掀起一场期待已久的春潮

在这个特别的节日里

一

没有欢呼的胜利，缺少酣畅
没有鞭炮的春节，缺少年味
这个假期安安静静地来
又在更加安安静静中延长
但愿，在这安静中
我们能积蓄战胜一切的力量

二

东村在封路，西村在封路
各家各户的团聚
从来没有，被封得这样严实
在关乎生命和健康时
实在找不到一个跑出家门的理由
唯独老支书站在村口
像老槐树一样，守着村民

三

龙娃他爹种的那棵椿树，十分丑陋
不能做家具，也不能烧火
却先后拦住几个失足滚下河的人

这一次，椿树被砍掉，放在村头路上
拦住了从湖北回来的龙娃

四

镇上那个精明的超市老板
十几天前就开始忙活
先进了十万元鞭炮
又进了十万元各种礼品
几天后，他先听说要禁放
接着听说亲戚邻居也不让走动了
于是，他把手机屏保设了四个字：
世事难料

五

梦里，我无所不能
昨夜梦见去球场打篮球
不停变向，不停过人
后仰跳投，个个空心
梦醒后，看到一架直升机重重坠落
和所有爱 24 号的人一样
我希望，这还是个梦

六

都在数数，躺床上数，窝沙发里数
数风动，数落叶，数鸟叫，数瓜子
上小学的女儿却紧盯电视
数着那些逆行挺进武汉的身影

防疫记

一

坐在麦田中间的路口
听风,听大喇叭,听刷屏的抗疫歌曲
忽然,听到一声咳嗽
卡口上的人,都赶紧提了提口罩

二

这些天,进出村子的人
比地头的麻雀还少
没有了人迹喧嚣
这片土地显得更加苍茫

三

今天,80多岁的十二伯来到卡口
正要劝返,他却扔下一千块捐款走了
60多岁的老支书说,关键时候
还得看老党员的

四

微信上不停有人问我

啥时候能出村进城
我说不知道。问得多了
我回复说有两种情况：
一是你战胜了病毒
二是你感染了病毒

五

"虎娃！你干啥去哩？"
"去镇上买口罩！"
"镇上都封了，买不来口罩！"
"那也要去！"
"你这娃咋不听话，快回去！你口罩哩？"
"都给了哑巴家。"……
老李犹豫了三秒，把兜里那个放了多日
但还未拆封的口罩给了虎娃

六

梦里，死活找不到口罩
急得满头汗，急得把自己叫醒
醒来后便觉得浑身发热
顿时，汗毛倒竖，血脉贲张
翻箱倒柜去找温度计。刚找到
只见其他几个房间里的灯
都紧张地亮了

七

病毒最大的特点是一视同仁
不管你富贵贫贱
无论你相貌美丑
因此,对付病毒最有效的办法
就是万众一心,齐心协力

八

面对这场灾难
真正的保护神是你自己
不戴口罩,不听指挥,不做好防护
再多的钟南山和李兰娟
也救不了你

封在城里

向桌上的佛像学习打坐
向冰封的河水学习沉默
向冬眠的动物学习蛰伏
向田间的枯草学习等待
最好，再画一幅画
和老家的土房子一模一样
在房前屋后种上粮食和青菜
粮食可以酿酒，青菜可以下酒
微醺时，可以吼上几嗓子

耐心等待吧
燕子归来、绿水环绕时
我们一起，出城回家

即将，与春天撞个满怀

初春的阳光不错
站在窗前，眼里却只是一个空城
没有了往日的喧嚣和市井气息
连日子，都特别不像是日子
仿佛熟悉的领地被人占领。我们只能
与空气对峙，与看不见的敌人对峙
惊恐的人们，和墙角枯萎的蜡梅一样
沉默而无力

冷清与隐忍并非不值得
有许多人和我一样在远望，在思考
这一季春色竟被空气里的尘埃压得死死
有时候，等待越漫长
就会越加珍惜，甚至放声歌唱
用歌声送走过往，缅怀忧伤

远处的天空一样，远方的心绪一样
尽管我们，有足够的理由感伤
但把目光抬高些，再高些
一定会看见希望和曙光
也会看见，一场春意正在酝酿
很快，很快
她就会从山的那边随风而至
和久违的我们，撞个满怀

春之歌

一点点破土
一点点泛绿

一点点挂上树梢
一点点垂向岸边

一点点替代枯萎
一点点长出希望

一点点映入焦急等待的眼帘
一点点擦亮阴霾弥漫的心扉

一场盼望已久的春满人间
需要东风汇集大地上所有的力量

一曲荡气回肠的胜利之歌
需要千千万万个逆行的身影去领唱

庚子春的荠荠菜

数字不断下降

日子不断增长

已是庚子二月，天抬起了头

路上的行人抬起了头

地里的荠荠菜也抬起了头

长在野草丛中的荠荠菜

虽体型纤弱，但枝叶鲜嫩可人

友人相约尝鲜，须等七日，或更久

即便花已落尽，也不要紧

眼里早已蓄满春潮

即便无酒无诗，也无所谓

内心早已击筑而歌

盯着整个春天

我盯着樱花的蓓蕾
阳光盯着整个春天

迎面走来的人，和我一样
下意识地保持着最远的距离

玉兰树下拍照的人摘下口罩
所有赏花的人果断离去

一树白花夹杂几朵粉的，没什么不妥
穿长裙的女孩在玩滑板，也没什么不妥

风越来越大，有四五级的样子
全球疫情越来越重，人类会不会触及熔断？

这个春天
——致自己

从大年初一开始

下了三场雪，两场雨

上了41天班，写了11篇稿

被感动流泪5次，写小诗24首

失眠3次，怀疑自己头脑发热N次

喝了一箱白酒，大醉3次

让我焦虑的是封村封路封城

让我欣喜的是数据不断清零

这个春天

手洗得发白

脸被口罩捂得发白

也感受到生命的脆弱苍白

这个春天

从行吟者身上看到

大地的辽阔，落日的苍凉和诗的纯粹

这个春天

开始期待远行

沿着一辆摩托车的方向

让我41岁的身影

不断靠近，那座一米六三的悬崖

春雨颂

昨夜隔空祝寿猜宝,我猜对的最多
却没猜中后半夜开始的这场雨

早上的牛肉汤和雨水一样清淡
却温暖了胃
温暖了那本一夜未合的诗集
再看窗外,淅淅沥沥的雨
仿佛都有了韵脚

一只猫在雨里注视良久
一只麻雀惊恐地飞出菜地
一双眼在书里注视良久
一些关于春雨的诗句开始淅淅沥沥

每一滴随风落下的雨
都是对这片生病的土地
最深情的慰藉

这春天，如你所愿

樱花落尽，四月如期
借一池春水，让片片花瓣
轻轻告慰你远行的英灵——
这春天，如你所愿
每一片生机
都饱含着你守护的温度
每一片叶子
都闪耀着你留下的光芒

细数着每一季春天
忘不了一代代和你一样的先烈
或站起，或倒下
或接过来，或传下去
始终让这静好的岁月铭刻着警徽的荣耀

如今
这春天，如你们所愿
这盛世，如你们所愿
也请你们相信——
在你们吹响的号角声中
我们一定完成，这场春天的接力

春水祭

确切地说,春天还未放开手脚
杨柳岸边的水还是刺骨地凉

几朵黄色的花落在水面,悄然逝去
轮回里,总有这样的不辞而别
总有人没等到花开便已凋谢
总有人还没到达便已倒下
也总有人先于他人抵达另一种辽阔

花总是要开,水终究要暖
通往春天的路上
程建阳,王春天,樊树锋们,灯塔一样
带给人们光芒、温暖和希望

疑似

最近这个词的热度
可是经过额温枪反复检验过的
人们甚至固执地认为
疑似，就是尘埃落定的前奏

这段漫长的日子里
对任何风吹草动都觉得可疑
听到窗外的风声
疑似春天来了
看到无声的细雨
疑似树要发芽了
院里一阵躁动
疑似谁家又有情况了
就连半夜被梦惊醒
也怀疑是自己头脑发热了

这段等待的日子里
太多的路，被拦腰封住
太多的话，被口罩挡回去

太多的疑惑，至今没搞清楚
唯一确诊的是
孤独在加重，怀念在加重

守护者
—— 致奋战在抗疫一线的所有藏蓝身影

在这个略显空旷的春天
那些坚守的身影成了动人的风景
无论雨雪多么交加
也无论病毒多么凶险
他们一直挺立风中
以守护者的姿态
去冲锋，去阻挡，去搏命
去与严寒争夺一点一滴的春潮

数字在下降，春天已来临
街巷平安，楼院无事
但是他们心中却不平静
总有一些律动和情感被点燃
虽在风中，却眼含热泪
向白衣勇士的大爱仁心致敬
向热心群众的义举善良致敬
向一个个被拉回的不屈的生命致敬

然而，同为生命，他们并非钢筋铁骨
只是肩负使命，高举信仰
无论面对多大风浪
他们永远是护航平安抵达
而牺牲着自己的那群人

驰援武汉记
——写在河南援鄂医疗队凯旋之际

不管风雪弥漫,无论病毒肆虐
一声令下,不计报酬,无畏生死
15批,1281人
从大河之南驰援长江之畔

白衣卫士,勇敢逆行
背影如嵩山般坚毅
拒绝悲恸,拒绝放弃,拒绝一切寒意
只为了春天,黄河解冻般
奔腾而至,不可阻挡

如今樱花盛开
带着为武汉拼过命的殊荣,平安凯旋
迎接你的是父母亲人,是二七塔和烩面
是繁华依旧,是山河无恙
更是一双双为你骄傲的湿润眼眶

褪去征衣,一张张脸颊
刻下了征战的痕迹
也传递出依山带水的知"豫"之恩

凯旋歌

春色正好，夕阳正浓
霞光把天空浸染成夕阳色
而夕阳又被他们的白衣映衬成
亮银的铠甲，闪耀的勋章

近处的路灯和远处的塔吊
撑起了城市的天空
而他们用勇敢的逆行和疲惫的身影
撑起了这个被病痛袭扰的春天

从机场到市区 30 多公里
伴随一路闪烁的警灯
和全城热情的瞩目
一千万人的眼角湿润了 30 多公里
而他们，在武汉，在湖北，在全国
又给多少人，留下多少公里的
温暖与感动？

铁骑歌

汗，流得足够多时
他们会成为路上最威武的存在

一年四季，风里雨里
人，车，路，在磨合中
产生了共鸣

在每一个普通的日子里
无论大街小巷，他们的身影过后
都会留下一路畅通
和一些驻足，尖叫

每辆铁骑只有一个愿望——
所有赶路的人，都能平安抵达

返校记

像一条河，汛期从来没有这么长
让多少人备受煎熬
像一条路，从来没有走这么久
才走到一年之计的开端

这个时候，安全就是保持距离
为此，人们设置各种距离
铁栅栏把家长隔开
防护服把病毒隔开
学校的大门把外界隔开
长长的测温房像时光隧道
把阔别已久的孩子
一个个穿越回他们的日常

留在外面的
是松口气的父母，和四月的云

扶贫组诗：稻花香里说丰年

脱贫记

二强家那几亩薄地里

种过麦子，红薯，玉米，黄豆

留下了他的汗水，血水，糖精水

和日子的焦苦

汗水是干活时晒的

血水是麦茬扎破脚趾头流的

糖精水是老黄狗碰倒塑料壶后洒的

日子的苦是生病的媳妇拖累的

这两年，二强家的地里

种过玄参，烟叶，还挖了莲菜池

留下了匆忙的脚步，嘈杂的吆喝

和此起彼伏的蛙鸣，欢笑

匆忙的脚步是扶贫干部的

嘈杂的吆喝是外地客商的

蛙鸣是莲菜池里的

欢笑是脱了贫的二强一家人的

"稻花香里说丰年，听取蛙声一片"

这一句，是来验收扶贫工作的省里干部

随口吟出的

进山记

沿着断流的河道逆行而上
我们要找的流水和风景
是他们扶贫的地方
山路弯曲陡峭，一环扣一环地锁住大山
也锁住了漫山春色

过了宝林寺，就是老四山
门口有红对联，墙外有红樱桃
院里有高高飘扬的红旗。他们坚信
只要深入腹地，找到源头，打开缺口
山里山外的人一起
让一潭死水活起来，动起来
就能把山中的珍奇，灵秀，花香和鸟鸣
源源不断地带到人间

驻村记

白云点缀着蓝天
麦子点缀着大地
蒲公英点缀着土路
桐树花点缀着姜庄村
一阵阵可有可无的风
点缀着人们不咸不淡的日子

从早跑到晚　从日出聊到日落

和庄稼拔节声一样热情的

是驻村第一书记的唠家常声

串过 500 户家门后，发现了问题

驻守 1000 多天后，找到了答案

替代

水泥路替代了土路

楼房替代了平房

小超市替代了代销点

光纤网线替代了电视天线

大学生村官替代了年迈的老支书

今天替代了昨天

新容替代了旧颜

墙上刷的"绿水青山就是金山银山"

替代了"少生孩子多种树"

战歌

把那些炸焦的土还给上甘岭

把那些光秃秃的山包还给松骨峰

把那些冰天雪地还给长津湖

把那三个"冰雕连"还给志愿军

把那首绝笔诗还给战士宋阿毛

把和平还给热爱和平的人们……

在那场战争中

志愿军每向前一步都代表着正义

志愿军的每一颗子弹都维护着和平

在那场较量中

气温有多低,志愿军的士气就有多高

敌人有多强,志愿军的骨头就有多硬

两年零九个月,志愿军伤亡 36 万,歼敌 71 万

让世界记住了那些冰冷的地名

也让世界重新认识了东方和那些最可爱的人

只有雄赳赳、气昂昂的风骨

才配得上气吞山河的悲壮与凯旋

只有永不倾倒、洁白无瑕的"冰雕"

才写得出这样忠贞不渝的绝笔——

"我爱亲人和祖国,更爱我的荣誉,

我是一名光荣的志愿军战士。

冰雪啊!我决不屈服于你!哪怕是冻死,

我也要高傲地耸立在我的战地上。"

抗洪记

一

长江洪峰，黄河洪峰，珠江洪峰
洞庭湖告急，鄱阳湖告急，太湖告急
433条河流超警。这多灾多难的大地啊
经受了一轮又一轮风霜的洗礼
还要承载着苍天，滔滔泪水

二

村庄泡在水里，城镇泡在水里
庄稼泡在水里，被困群众泡在水里
六分之一的中国泡在水里
高高升起的，除了一轮弯月，还有那些
牢不可破的抗洪意志

三

柔弱冰冷的雨
落地就化成汹涌而至的猛兽
在大地上一阵咆哮后
终会被制伏。过不了几天
它们就成了我们熟悉的长江、黄河

四

誓与大堤共存亡

这是抗洪勇士发出的铮铮誓言

武汉长江边，73岁的老民警喻传喜

每次站在堤坝上，总会有惊恐的浪

悄悄地折返

五

才入伍的他，刚学会游泳

入水动作却异常凶猛、霸道

将卷着泥沙的水弄得更加凌乱

只因，对面楼顶还困着一个老奶奶

六

黎明时分，雨停了

当世界苏醒时，浑身泥水的战士

躺在堤坝上睡着了

几只觅食的水鸟

识趣地飞走

洪水，猛兽，诋毁，都不可怕

太阳，一直都在东方升起

后浪，警营里的激流

像一阵阵呼啸的风

总有一些吹向寻常巷陌

像一波波汹涌的浪

总有一些打向岸边礁石

年轻的人啊，既然选择扬鞭策马

就要头顶风霜，肩扛使命，心怀忠诚

向着目标勇敢开拔

在这藏蓝的警营，在这追梦的路上

你是新锐，是青春，是激流

是血气方刚，是无所畏惧

前方会有荆棘密布和生死抉择

有烈日当空下的坚守

有万点银灰下的注视

有更大的风，更高的浪，更难翻越的关隘

当然，也会经历别人不曾经历的悲壮

体会别人不曾体会的荣光

这一切，是考验更是历练

这一切，都是为你而设，去锻造一身硬骨头

这一切，都适合你用青春去激扬，去建功立业

当你熟悉了脚下这片土地

熟悉了头顶的明月和星空

你就会明白，你的付出与孤独

让草木安详,让万家平安,让幸福抵达
你就会明白,只有你的热血豪情和无悔坚守
才配与那面迎风飘扬的旗帜,一脉相承

年轻的人啊
在通往明天的大路上
我们前仆后继,我们奋进接力
每送走一个祥和的夜晚
迎来一次崭新的日出
无论你多么青春年少
也无论我多么两鬓斑白
我们的心里都会响起那首豪迈的歌
那首我们体会至深的——
　"几度风雨几度春秋,风霜雪雨搏激流
历尽苦难痴心不改,少年壮志不言愁"

旗帜颂

一

七月的流火啊
炙烤着满目疮痍的大地
水深火热的年代啊
在镰刀与斧头碰撞后
焕然一新

二

千军万马又如何
坐拥城池又怎样
信仰的力量从来就没有穷尽
十三个人也能拔锚起航
一艘木船照样驶向理想的明天

三

彷徨,退缩,甚至背叛
随它去吧。真理就在少数人手里
井冈山上,星星之火点燃
从此,劳苦大众和破旧山河
都有了盼头

四

激流，铁锁，雪山，草地
一一败下阵来
在苦水里泡大的红军将士
没有什么能阻止他们追求光明的脚步

五

播撒火种的征途上
总有人倒下去，铺成了路
也总有人站起来，站成了雕塑
最后，他们合力树起了一座丰碑

六

风在变，云在变
山在变，水在变
整个世界都在改变
唯有那面旗帜依然高高飘扬
指引着人们，阔步向前

警旗猎猎

今天，抬头仰望秋风中

迎风猎猎的警旗

心中有太多感慨和记忆

如遍地金黄般，厚重而荣耀地耸立

我仿佛看到，在它崭新而庄严的身姿里

激荡着一代又一代

人民警察的赤胆忠诚和浩然正气

有多少次淬火历练，就有多少次奋进砥砺

有多少次轰然倒下，就有多少次前仆后继

今天，所有的沉默与伤痛

都随着这面冉冉升起的旗，拔地而起

今天，我们向警旗和它扎根的这片大地

致以最崇高的敬礼

今天，所有的守护依然在坚守

所有的故事依然在继续

所有的平安依然被警徽的光芒高高托起

于是，我把这坚守、这故事、这平安

还有对藏蓝的无限敬意

一起随着深情的目光

庄严地投向这迎风猎猎的警旗里

今天，风轻云淡，秋高气爽

送走了疫情肆虐的春

告别了滚滚洪流的夏

阔步走进收获信心与希望的秋季

看吧，这迎风猎猎的警旗

是鞭策，是鼓励，是无上荣光，也是无限动力

奋斗追梦的路上

无论波澜壮阔，还是披荆斩棘

必将留下我们平凡但闪光的足迹

大地辽阔，四季从容

美好的明天和崭新的战旗

等待着我们书写出更多的传奇

此刻，激情与信念如朝霞般光芒万丈

热血与担当如磐石般坚不可摧

来吧，亲爱的战友

让我们以无悔淬炼忠诚的底色

以忠诚诠释誓死捍卫的崇高意义

警旗猎猎，庄严敬礼

新的旗帜，辉映着新的征程和使命

也必将为这支铁军队伍注入新的强心剂

新的时代，注定要破解新的挑战和命题

我们坚定脚步，坚定方向，坚定信仰

在这红蓝的警旗下，书写出浓墨重彩的一笔

来吧，亲爱的战友

让我们以磨难中铸就的伟大精神为激励

以奋斗的姿态迎接新的、更大的胜利

你把光明留给春天
——致牺牲在抗疫一线的郑州民警樊树锋

看见了，我看见了

我看见了久违的春天

一片片绿，一树树花

一袭袭白衣，一抹抹藏蓝

还有那么多被泪水打湿的眼

可我最想看见的——是你的脸

我知道，我还身处黑暗时

你已倒在了一线

你把希望留给了我们

把光明留给了春天

我想，只要沿着你的方向

就一定会找到你

有人说，你已化树为峰

托起了春天

有人说，你已化身春雨

滋养着人间

可我还是决定要来

迎着你未等到的春风

徘徊在你守护的楼院里

穿梭在你惦记的人群中

用你留给我的光明寻找着你

似乎，那些忙碌的背影都是你

和那些闪光耀眼的名字一样

你已巍然屹立于天地之间

看见了，我看见了

看见你坚守的辖区

大伙儿继续在为疫情奋战

排查登记，采集信息，秩序井然

社区的信息栏里依然是零疑似、零感染

看见你一路之隔的家门

多了些肃穆和伤感

孩子们已在书本里编织着梦和春天

大人也在悲伤的思绪里擦干了泪眼

而你，照片中的你

终于可以安安静静地守着家人

守着嘀嘀嗒嗒的时间

看见了，我看见了

看见你未写完的工作日志

看见你空荡荡的房间

警徽依然闪耀，誓言犹在耳边

吃饭时战友们依然会叫一声老樊

点名时大家都会朝你站过的地方看

你，就是让弟兄们如此怀念的"老樊"

看见了，我看见了

看见群众，医生，和许多素不相识的人

都在为你流泪点赞

还有像我一样,被你带来光明和希望的人
一边寻你,一边感怀,一边泪流满面

虽然我们从未谋面
但今天,我想大声对你说一句:谢谢你
感谢你的无悔坚守
感谢你的大爱如山
你看见了吗,小樊
在你留给我的光明里
已是春色满园
在你守护的这片土地上
处处充满着希望和必胜的信念
在你倒下的那条路上
更多的人依然在勇敢向前,向前

英雄赞歌

总有些时候，需要有人挺身而出
总有些场面，需要最高的礼遇
总有些荣耀，需要献给内心笃定的人
总有些精神，需要在大灾大难中铸就

尊崇和精神一样，让人充满力量
那一刻，我们以无比尊崇的目光
注视着那些或矫健，或蹒跚的身影
内心如大海般奔涌翻腾
那一刻，我们汇聚起强大的精神之力
更加豪迈地走在追梦的路上
眼前如朝霞般光芒万丈
那一刻，我们脚下的这片热土
山河依旧，风景独好

雪，在等什么

天气预报越来越准了
老天却越来越吝啬
冬天过半，还没下一场像样的雪
灰白的天际，雪，在等什么

一说到下雪，就有点迫不及待
仿佛雪真能掩盖这世上所有的不完美
仿佛雪都来自神秘的昆仑山
苍穹之下，雪，在等什么

气温从9度降到零下9度
只需一阵大风和半个晚上的过渡
到后半夜，握笔的手心却攥出了汗
深藏纸上的雪，在等什么

如果此刻落雪
我会取下帽子，外套，围巾，手套
取下那些沉重的尊严
取下所有让人感到束缚的东西
去感受雪，感受生活中稀缺的宁静和清醒

我一直在等
等一场足以覆盖过往的深雪
雪，在等什么

征途

一直在路上
过去是,现在是,将来还是
已记不清去过多少地方
也记不清错过了多少风景
只知道冲着目标出发,带着目标回来
顺便带回一路风尘

这一次回来,特地留意了车窗外
滚滚黄河,巍巍嵩山
母亲一样怀抱这片土地
父亲一样撑起这片天空
窗外一派生机,一片祥和
多么庆幸,我能和那么多人一起
守望这片天地
多么骄傲,我的每一次征途
都有一层深刻的含义

【跋】谢辞

在这本集子中

对峙6次，羞愧5次

挣扎5次，纠结3次

对弈3次，握手言和2次

在这一年当中

失眠无数次，掉发无数根

孤独无数次，喝酒无数杯

快乐无数次，收获无数多

感谢所有的关注，点赞，鼓励

这给一个在路上的中年男人

以温暖，以勇气，以力量

2021年1月10日